MARVEL

Doutor Estranho
no
Multiverso da Loucura

MARVEL
Doutor Estranho
NO
MULTIVERSO DA LOUCURA

Adaptado por Reina Luz Alegre

SÃO PAULO
2023
EXCELSIOR
BOOK ONE

© 2023 MARVEL. All rights reserved.
Doctor Strange in the Multiverse of Madness

Todos os direitos de tradução reservados e protegidos pela Lei 9.610 de 19/02/1998. Nenhuma parte desta publicação, sem autorização prévia por escrito da editora, poderá ser reproduzida ou transmitida sejam quais forem os meios empregados: eletrônicos, mecânicos, fotográficos, gravação ou quaisquer outros.

EXCELSIOR — BOOK ONE
TRADUÇÃO *Júlia Serrano*
PREPARAÇÃO *Sérgio Motta*
REVISÃO *Guilherme Summa e Tainá Fabrin*
ARTE E CAPA *Francine C. Silva*
DIAGRAMAÇÃO *Renato Klisman*
TIPOGRAFIA *Adobe Caslon Pro*
IMPRESSÃO *Ipsis*

Dados Internacionais de Catalogação na Publicação (CIP)
Angélica Ilacqua CRB-8/7057

A344d   Alegre, Reina Luz
        Doutor Estranho no Multiverso da Loucura / adaptado por Reina Luz Alegre ; tradução de Júlia Serrano. — São Paulo : Excelsior, 2023.
        176 p.

        ISBN 978-65-80448-68-5
        Título original: *Doctor Strange in the Multiverse of Madness*

        1. Doutor Estranho (Personagens fictícios) 2. Ficção norte-americana I. Título II. Serrano, Júlia

22-6969   CDD 813.6

CAPÍTULO 1

HAVIA UM LUGAR EM que mundos convergiam sem se tocar. Um lugar ao mesmo tempo belo e devastado. Onde o céu brilhava com a luz azul-violeta do amanhecer ou entardecer. Começo e fim e meio, tudo envolto por mantas de nuvens. O lugar aonde os escombros de civilizações, ruas desmoronadas, pedaços de pontes, e colunas palacianas arrancadas das próprias fundações foram para rodopiar pela eternidade.

O Espaço Entre Universos.

Este local existia entre as realidades paralelas, as linhas do tempo divergentes, os diferentes universos do vasto Multiverso. A tentação de explorar o Multiverso — para viver as vidas dos seus próprios eus alternativos que tomaram decisões melhores para si mesmos, ou que simplesmente tiveram melhores condições — pode corromper alguns.

Para America Chavez, uma garota adolescente que nunca quis visitar outros mundos, era uma maldição ter o poder de fazer isto. Desde pequena ela foi forçada a vagar pelos universos completamente sozinha, e agora um demônio desconhecido tinha mandado monstros atrás dela buscando obter o poder que tinha. Um demônio desconhecido que desejava percorrer o Multiverso como ela o fazia — embora provavelmente com um maior senso de direção. America não tinha ideia de como controlar suas habilidades sobrenaturais, e esse era metade do problema. Mas o Defensor Strange, um mago com sua própria parcela de grandes habilidades, tinha a tomado sob seus cuidados. Ele a trouxera para o Espaço Entre Universos para buscar uma forma de derrotar o demônio desconhecido.

Infelizmente, o tal demônio também tinha mandado um monstro até ali, na forma de um Demônio Voador de Faixas, uma criatura espinhosa metálica, que soprava fogo e parecia uma serpente, mas também uma centopeia gigante em um dia péssimo.

— ¿*Eso lo mató?* — America gritou.

O Demônio de Faixas despencou e colidiu atrás dela, aparentemente incapacitado. Será que o feitiço do Defensor Strange tinha conseguido matar o monstro?

— *No, con eso lo matamos* — o Defensor Strange disse, em fuga ao lado de America, correndo em um trecho estreito de estrada se desintegrando. A adolescente de tênis da moda e o mago com mechas brancas em seu rabo de cavalo formavam uma equipe inusitada. Juntos, eles pularam de ruína celestial em ruína celestial, sempre com o demônio de faixas voador logo atrás deles.

Mas a esperança estava logo adiante.

O Defensor Strange apontou. Um pequeno templo estava suspenso no ar. Algo no centro do templo, capaz de destruir o monstro, resplandecia.

— O Livro dos Vishanti — America disse, de queixo caído. Atrás dela, o Demônio Voador de Faixas se recompunha.

— Não podemos deixar que ele tome seu poder. Vá até o livro — o Defensor Strange ordenou.

— E como a gente chega lá?

— Pule!

Eles saltaram juntos e escorregaram com força por um pilar coberto de vidro colorido que piscava na luz do crepúsculo. America gritou. De alguma forma, eles pousaram a apenas alguns passos do Templo dos Vishanti. Porém, mal ela suspirou de alívio e o Demônio de Faixas irrompeu do chão diante deles, mandando pelos ares grandes pedaços de escombros. O monstro subiu vários metros, soltando uma rajada de fogo. O ataque atingiu em cheio a coxa do Defensor Strange, que gemeu de dor como se tivesse sido perfurado. O Demônio Voador de Faixas urrou vitorioso, o que fez o Defensor Strange recobrar a atenção. Ele deixou a dor de lado e lançou um novo ataque mágico. Ao comando do Defensor Strange, rochas passaram voando sobre a cabeça de America na direção do Demônio de Faixas. A princípio, ele conseguiu jogá-las para longe, mas o Defensor Strange arremessou rochas maiores na direção dele e, juntando as mãos, logo conseguiu espremer o Demônio Voador de Faixas em uma jaula mágica.

Mas o esforço consumia o mago.

— Ele é muito forte. Não consigo segurar — ele ofegou, estremecendo. O corte profundo deixado pelo monstro na coxa do Defensor Strange aumentou de tamanho, e o sangue se derramava ainda mais. Ele gemeu, mas não desistiu, mesmo enquanto os tentáculos do Demônio Voador de Faixas rompiam a jaula.

De repente, o Defensor Strange teve uma ideia. Ele franziu a sobrancelha, debatendo brevemente com a própria consciência; tinha apenas uma fração de segundo para decidir.

Arrependido, mas resoluto, ele se virou para America.

— Eu sinto muito. Esse é o único jeito — ele disse. Mantendo o monstro preso com uma das mãos, ele estendeu a outra na direção de America para tomar seu poder.

Os olhos castanhos dela se arregalaram, em choque.

— O que você tá fazendo? — ela arfou quando o Defensor Strange a ergueu do chão e começou a extrair do corpo dela uma luz branca cintilante, que seguia até a palma da mão dele. Os tênis de America se debatiam inutilmente meio metro acima do chão.

— Eu não posso deixar aquela coisa ficar com seu poder. Você não consegue controlá-lo, mas eu consigo. — A voz do Defensor Strange era grave e sombria e aterrorizantemente sincera. O poder de America fluiu dela como corrente elétrica direto para a mão que o esperava.

— Mas somos amigos. Você tá me matando! — America disparou chorosa, arrasada pela traição do Defensor Strange. Ela o tinha respeitado e se importado com ele. Ele era o mais próximo de uma família que America chegou a ter por todo esse tempo. E agora estava sugando a sua vida sem misericórdia enquanto ela se retorcia desamparada no ar.

— Eu sei — o Defensor Strange disse com tristeza —, mas, no grande cálculo do Multiverso, seu sacrifício vale mais que sua vid...

Um dos tentáculos afiados do Demônio Voador de Faixas rompeu a jaula mágica e perfurou o peito do Defensor Strange. Ele gritou de dor enquanto o monstro o carregava para longe. America caiu para trás, agora livre do feitiço que drenava seu poder. Ela se ergueu imediatamente, avistou o Livro dos Vishanti brilhando por trás dos tentáculos monstruosos e correu até ele, balançando-se nos tentáculos flamejantes do Demônio Voador de Faixas como se fossem cipós em uma floresta.

Mas o monstro foi mais rápido.

Ele envolveu cada um dos membros de America com seus tentáculos e a esticou em quatro direções diferentes, rosnando diante dela.

America estava petrificada, mas, de repente, um brilho branco tomou os seus olhos. Um portal com a forma de uma estrela de cinco pontas se abriu atrás dela. O monstro tinha derrubado o Defensor Strange. O mago estava morrendo estirado no chão, mas ao ver America, juntou a energia restante para atirar escudos rúnicos nos tentáculos que se enrolavam nela, libertando-a das garras do Demônio Voador de Faixas no momento em que o portal sugou todos eles para outro universo.

CAPÍTULO 2

O Doutor Estranho acordou de supetão.

As visões tinham sido tão vívidas. Fora atingido por um demônio, engolido por um portal e traído a confiança de uma criança? Ele passou as mãos pelo rosto e cabelo e se encolheu na cama de dossel tentando se livrar do sentimento estranho de arrependimento deixado pelo sonho. Sua pele branca pálida estava corada. Ele olhou ao redor do quarto do Sanctum Sanctorum de Nova York, para as prateleiras familiares e a mobília de madeira escura.

É, ele confirmou para si mesmo, foi apenas um pesadelo.

Mas seu alívio foi breve. O olhar do Doutor Estranho pousou sobre o vidro rachado do relógio. Podia ver seu reflexo distorcido nele. E então, outra pontada de arrependimento, dessa vez da vida real do Doutor Estranho, acertou o coração dele.

Havia desistido do amor da mulher que lhe dera aquele relógio.

Mas, é claro, ele se convenceu de que precisava ter feito isso, foi pelo bem maior. E ficar se lamentando na cama não era o estilo do Doutor Estranho.

Então, ele se levantou, vestiu-se e se olhou no espelho. Antes de dar o nó na gravata com um estalar de dedos, lhe passou pela cabeça usar o método tradicional. Ele sorriu, uma magia tão pequena, mas tão gratificante. Depois, o Doutor Estranho vestiu o paletó e deixou sua casa vazia e elegante para ir a um casamento.

Ele sorria educadamente enquanto ocupava um assento na igreja. Ao fundo se ouvia música tocada em um órgão. Convidados conversavam entre si em cada fileira, conhecidos botando o papo em dia, entes queridos animados pela cerimônia que estava para começar. O Doutor Estranho tinha vindo sozinho, mas não se importava de sentar sozinho e evitar toda aquela conversa fiada. Comparecer a esse casamento específico era desagradável o suficiente. Ele ajeitou a gravata e olhou ao redor, admirando a arquitetura da igreja.

Quando Nic West sentou-se ao seu lado no banco, Stephen resmungou por dentro. Nic era um rival dos tempos em que o Doutor Estranho trabalhava como cirurgião em tempo integral — antes do acidente de carro que acabou com sua carreira, deixando as mãos dele tão machucadas que o fez decidir aprender magia para se curar. Mas ele não parou por aí. Tinha mudado completamente de vida. O Doutor Estranho passou a ser um mago reconhecido mundialmente por seus poderes, e era um membro dos Mestres das Artes Místicas, um grupo de magos que protegia o mundo de forças malignas sobrenaturais. O Sanctum de Nova York, o local em que ele vivia, era uma das bases do grupo.

— Dr. Strange — Nic o cumprimentou. Sentavam-se do lado dos convidados da noiva, que também era cirurgiã no antigo hospital em que o Doutor Estranho trabalhava.

— Dr. West.

— Fazia tempo que não te via — Nic disse, olhando para frente.

— É, eu estava um pouco ocupado sendo poeira por cinco anos, então... — o Doutor Estranho disse seco, referindo-se a seu desaparecimento após o Blip.

Um supervilão chamado Thanos havia transformado metade das pessoas na Terra em poeira depois de estalar os dedos com a Manopla do Infinito. Thanos acreditava que a Terra e outros lugares do universo estavam superpopulosos a ponto de não haver recursos suficientes para manter tudo aquilo. As vítimas desaparecidas, como o Doutor Estranho, tinham voltado à vida recentemente, graças ao esforço dos Vingadores sobreviventes, um grupo de super-heróis que arriscou tudo para reverter o Blip.

— Assim como muitos de nós — Nic pontuou, aborrecido. — Enquanto estive fora, obrigado por perguntar, perdi meus dois gatos.

O Doutor Estranho revirou os olhos em resposta.

— E meu irmão — Nic acrescentou baixinho, engolindo as lágrimas.

Isso fez o Doutor Estranho virar e olhar para Nic. O ex-colega de trabalho estava precisando se barbear e seu casaco marrom estava amassado e grande demais para ele. Aquilo o fez se lembrar de uma antiga fotografia, desgastada pelo tempo, de dias mais felizes do passado. Era uma versão desbotada de si mesmo. Um contraste enorme com o Doutor Estranho de terno sob medida e cavanhaque aparado. Seu olhar azul penetrante suavizou com verdadeira compaixão.

— Eu sinto muito.

— Obrigado — Nic disse, olhando para baixo com melancolia. — Acho que o que não me deixa dormir é pensar: precisava ter sido desse jeito? Não tinha outro caminho? — ele perguntou, sua tristeza dando lugar ao ressentimento. Então ergueu uma sobrancelha acusatória.

Verdade seja dita, Nic secretamente culpava o Doutor Estranho pelo Blip. Porque, antes do evento, ele deu a Thanos a Joia do Tempo em troca da vida de um dos Vingadores. E Thanos havia usado a Joia do Tempo, junto com as demais Joias do Infinito que tinha reunido, para provocar o Blip.

Os efeitos desastrosos do Blip nunca poderiam ser superestimados. Quase todo mundo no planeta batalhou contra suas sequelas. Aqueles que permaneceram sofreram pelos que se foram e tentaram seguir adiante, enquanto aqueles que desapareceram tiveram que voltar para um mundo que não era o que tinham deixado, mas um que tinha passado pelas mudanças de meia década. Alguns retornaram para encontrar amores que tinham seguido em frente ou entes queridos que tinham falecido.

Mas o Doutor Estranho passou a vida inteira tomando decisões difíceis em assuntos de vida ou morte — primeiro como médico, depois como mago. Ele tinha confiança em sua habilidade de fazer a coisa certa.

— Não — ele disse a Nic em um tom gentil, mas firme. — Não tinha, eu tomei o único caminho possível para nós.

— Ah, é claro que sim. O melhor cirurgião e o melhor super-herói — Nic disse, ainda parecendo amargurado. Ele assentiu e lançou uma última provocação: — E mesmo assim não ficou com a garota.

A Marcha Nupcial começou a tocar alto. Nic olhou para o corredor atrás do Doutor Estranho. Abalado pelas palavras dele, o Doutor Estranho ficou parado por um momento antes de se levantar e se unir ao restante da igreja para assistir à grande entrada da noiva.

Acompanhada por daminhas e reluzente em um vestido branco de seda, Christine Palmer surgiu na entrada da capela. Brincos pendentes cintilavam nas orelhas dela, e seu cabelo castanho-claro estava preso em um coque banana frouxo em que o véu estava afixado. Ela brilhava. Andava com confiança até o altar para encontrar seu noivo. Sequer lançou um olhar na direção do Doutor Estranho entre os convidados.

Maravilhado, o Doutor Estranho não tirava os olhos da ex-namorada. Um arrependimento subiu pela espinha dele. E se...? Não conseguia deixar de imaginar.

E se, em um universo alternativo, Christine tivesse caminhado até o altar em seu longo vestido branco para casar-se com ele?

Após a cerimônia de casamento, o Doutor Estranho se manteve sozinho em um canto do salão de festas dourado do hotel onde a recepção estava acontecendo. Christine dançava intimamente com o novo marido. Rodeados por familiares e amigos, o casal era o retrato do amor, rindo e balançando juntos, praticamente iluminados pela alegria. Lágrimas brilharam nos olhos do Doutor Estranho enquanto os observava.

Mais tarde, Christine se aproximou do balcão de bebidas onde o Doutor Estranho evitava discretamente os outros convidados e, possivelmente, afogava as mágoas. Ela limpou a garganta e pediu um café.

Notando a noiva, o Doutor Estranho ativou seu charme.

— Oh, permita-me, senhorita — ele disse, fazendo movimentos exagerados com os dedos sobre o copo que ela tinha acabado de pôr em cima da bancada, para transformar a água em café.

— Ah — Christine disse, fingindo estar surpresa com o truque de magia do Doutor Estranho.

— Muito óbvio? — o Doutor Estranho perguntou, percebendo que estava se exibindo.

— O quê? Você sendo você no meu casamento? Que nada, foi perfeito — Christine brincou.

Eles sorriram um com o outro, como velhos amigos com uma piada interna.

— Meus parabéns — o Doutor Estranho disse afetuosamente.

Christine apontou algo por trás dos ombros do Doutor Estranho.

— Olha o Charlie ali. Eu tenho que apresentar ele para você. Ele meio que é... É constrangedor, mas ele é um grande fã, então... — Ela começou a andar na direção do marido.

Mas o Doutor Estranho precisava desabafar.

Ele gentilmente segurou o braço de Christine, e ela se virou para olhá-lo.

— Ei, Christine. É... Eu devia... — Ele fechou os olhos, sem conseguir achar as palavras certas. — Eu queria ter agido diferente. Eu nunca deixei de me importar com a gente, mas eu tive que fazer alguns sacrifícios pra te proteger. Sinto muito. — Ele olhou arrependido para Christine, que o olhava de volta, numa descrença educada.

— Nunca daria certo entre a gente — ela disse depois de um momento, como se fosse óbvio.

Bem, para o Doutor Estranho aquilo era novidade. Ele olhou para ela incerto e baixou o tom de voz para que ninguém mais ouvisse. Afinal de contas, era o casamento dela com outro homem.

— Por que não?

— Porque, Stephen, você sempre precisa estar no controle. E eu sempre respeitei você por isso, mas não conseguia te amar por isso — Christine disse, direta.

O Doutor Estranho vacilou. Lá estava ele pensando que tinha estragado tudo entre os dois, sem nunca pensar que Christine poderia não querer viver o "felizes para sempre" *com ele*. Mas o Doutor Estranho sempre soube que tinha fama de ser arrogante.

Ele soltou um longo suspiro.

— Há quanto tempo você tá com isso entalado? — ele perguntou, mantendo seu tom de voz leve e tranquilo. Não deixaria Christine ver o quanto aquelas palavras o machucaram.

Os olhos castanhos de Christine brilharam para combinar com os brincos de diamante pendentes nas orelhas. As covinhas dela apareceram.

— Bastante tempo.

— É, imagino.

Ela sorriu para ele.

— De verdade, eu tô contente que você tá feliz — o Doutor Estranho disse com sinceridade.

— Uhum — Christine disse. — Eu tô. Eu tô mesmo.

— Que bom.

— E você? — Ela olhou para ele, incerta.

— Eu também tô feliz — ele respondeu, parecendo acreditar no que dizia.

— Que bom — Christine disse, sem tirar os olhos dos dele. Ela se aproximou para tocar a gravata dele carinhosamente. — Você merece. — Ela sorriu e se afastou.

O Doutor Estranho a assistiu ir embora, sentindo pontadas leves de arrependimento no coração.

Mas ele não pôde refletir por muito tempo, porque lá de fora, de repente, ouviu pneus cantar e algo bater.

CAPÍTULO 3

O Doutor Estranho e outros convidados correram até a varanda para descobrir o que estava acontecendo. O caos reinava na rua abaixo. Pessoas corriam para salvar suas vidas. Calmamente, o Doutor Estranho tirou um lenço vermelho do bolso do paletó e o abriu sobre os ombros, depois se jogou da varanda elegantemente, em um único movimento. Por sorte, o lenço de bolso tinha se transformado em seu Manto da Levitação carmesim, uma relíquia mística que dava ao Doutor Estranho a habilidade de voar. Ele despencou dez andares antes de, ainda no ar, vestir magicamente seu traje de mago: um casaco azul, bordado, calças pretas e botas altas de couro.

A primeira coisa que ele fez foi voar até uma jovem mãe que empurrava um carrinho de bebê e corria o mais rápido que podia de um sedã azul arremessado na sua direção.

O Doutor Estranho juntou suas mãos, criando um círculo laranja luminoso que jogou contra o veículo capotando na rua. Uma cabeça gigante de um gato sem pelos surgiu do pavimento e deu um rosnado enquanto abocanhava o carro, salvando a mãe e o bebê. Em seguida, o Doutor Estranho voltou a atenção para a rua diante dele. Ele viu uma adolescente vestindo uma jaqueta jeans desviar de um carro de cabeça para baixo que foi claramente jogado em direção a ela. A garota correu para dentro de um ônibus.

De repente, uma força invisível ergueu o ônibus no ar, estraçalhando as janelas dele.

Usando o Olho de Agamotto em um medalhão de ouro ao redor do pescoço, o Doutor Estranho magicamente partiu o ar e revelou que a força invisível era Gargantos, um monstro que parecia um polvo gigante de um olho só e que tinha enrolado seus tentáculos ao redor do ônibus e perfurava suas janelas rachadas em busca da garota. O Doutor Estranho fez movimentos mágicos com as mãos para partir o ônibus em vários pedaços, deixando Gargantos sem nada para segurar.

Infelizmente, o feitiço também deixou America Chavez, que estava escondida dentro do ônibus, sem ter para onde ir. Ela estava pendurada em uma barra, mas seus dedos escorregaram e ela caiu gritando entre os pedaços do ônibus. O Doutor Estranho atirou seu manto em direção a ela para que pousasse nele como se fosse um tapete mágico voador. O mago fez um movimento para que os fragmentos do ônibus se fundissem novamente ao redor dos tentáculos de Gargantos, prendendo-o. Então, ele usou telecinese para arremessar o ônibus contra a cabeça do monstro.

O Manto colocou America no chão ao lado do Doutor Estranho. Eles se viraram um para o outro por um segundo. Ele cogitou se já a havia visto em algum lugar, mas, antes que pudesse dizer qualquer coisa, ela gritou:

— Cuidado!

Gargantos atirou o ônibus contra eles. O Doutor Estranho conjurou um portal em forma de serra elétrica, partindo o ônibus ao meio, e cada parte passou derrapando dos dois lados dele e America.

— Por acaso eu te conheço? — Ao perguntar isso, o Doutor Estranho teve a lembrança de ver America no sonho dele sobre o Espaço Entre Universos.

Gargantos se aproveitou da distração momentânea do Doutor Estranho para golpeá-lo com um tentáculo e o arremessar contra uma vitrine abandonada. A pancada deixou o Doutor Estranho inconsciente. Satisfeito, Gargantos olhou para cima e rugiu, com todos seus tentáculos balançando eufóricos antes de se acalmar e voltar a caçar sua presa.

O olho castanho alaranjado, ardente e gigante, varreu a rua vazia em busca de America. Ela não estava em lugar nenhum. Desconfiado, o monstro se ergueu. As enormes ventosas de suas pernas viscosas se desprenderam como gelatina do chão, e a cabeçorra girou até ficar para baixo e mirar America, que se escondia debaixo dele.

Estava na hora de sair dali.

Ela correu por sua vida. Gargantos cambaleou atrás dela, esmagando os carros que estavam em seu caminho. America conseguiu virar uma esquina, mas Gargantos era mais rápido do que parecia, e seus tentáculos tinham um alcance enorme. Ele deslizou um deles pela rua e içou America do chão. Ela teve um *déjà vu* nauseante, lembrando-se do Demônio Voador de Faixas. Mas de repente, vinda do nada, uma corda dourada flamejante se enrolou ao redor da cintura dela e a arrancou das garras do monstro.

Era Wong!

Wong, o Mago Supremo dos Mestres das Artes Místicas e grande amigo do Doutor Estranho, se teletransportou se por um portal para ajudar. Puxando a corda dourada, ele arrastou America para um lugar seguro atrás de si, depois virou para enfrentar Gargantos, que se levantou, com o olho gigante tremendo de frustração. Com uma espada na ponta da corda mágica, Wong conseguiu cortar alguns tentáculos do monstro, mas bastaram apenas alguns segundos para que Gargantos o arrancasse do chão e começasse a mirar America novamente.

Enquanto isso, o Manto do Doutor Estranho batia no rosto do mago, tentando acordá-lo. Ele resmungou, ainda meio inconsciente e deitado sobre uma cama de vidro quebrado pela qual o monstro o havia jogado. Ao sentir que America estava novamente em perigo, o Manto deixou o Doutor Estranho de lado para tirá-la do alcance de Gargantos. Junto a um grito, a garota agarrou o Manto com um braço. Gargantos atirou uma moto no Manto e conseguiu derrubá-lo. Prendendo a respiração, America caiu sobre o parapeito estreito da janela de um arranha-céu, a dezenas de andares de altura. A moto caiu em um pequeno terraço abaixo, prendendo o Manto do Doutor Estranho sob ela. Gargantos continuou a percorrer a rua.

    O Doutor Estranho finalmente acordou e correu para a rua, saltando em cima de um táxi amarelo quebrado para ver o que estava acontecendo. Ao longe, as pessoas estavam em pânico.

    — Socorro! — Wong gritou, ainda preso em um dos tentáculos de Gargantos. O Doutor Estranho atirou uma adaga que cortou o tentáculo que o prendia. Wong deu uma cambalhota no ar até chegar ao chão. Com um grunhido, ficou de pé e endireitou o manto escarlate e roxo.

    — De nada — o Doutor Estranho disse, levantando o queixo e empinando o nariz enquanto caminhava quase naturalmente na direção de Gargantos. Agora que Wong estava ali, o Doutor Estranho estava confiante que conseguiriam derrotar o monstro.

    — Você sabia que é um costume antigo curvar-se diante do Mago Supremo? — Wong perguntou.

    — Sim, eu estou ciente dos costumes — o Doutor Estranho respondeu. No fundo, ele tinha um pouco de inveja de Wong ser o Mago Supremo em vez dele. Mas tentava não pensar muito nisso, pois Wong era um verdadeiro amigo que tinha se transportado até ali para ajudar.

    Os dois avançaram para arremessar correntes flamejantes barulhentas em dois dos tentáculos restantes de Gargantos.

    Mas Gargantos não se rendeu tão facilmente. Seu olho gigante avistou America no parapeito da janela do prédio, e imediatamente partiu em direção a ela, arrastando o Doutor Estranho e Wong pelas correntes flamejantes que eles haviam conjurado para incapacitar o monstro. Rosnando, Gargantos começou a escalar, aterrorizando os trabalhadores que observavam através das janelas dos escritórios enquanto o polvo gigante monstruoso subia a lateral do prédio. America gritou e correu pelo vão estreito do parapeito da janela. Um tentáculo bateu no concreto, a centímetros de onde ela tinha acabado de estar.

Ainda agarrado à corrente flamejante que tinha enrolado ao redor de Gargantos, o Doutor Estranho atirou fogo verde mágico no tentáculo, quebrando o parapeito da janela em que America estava.

Ao longe, Christine e o marido se juntaram a seus convidados na varanda do hotel e suspiravam diante da vista clara do monstro.

— Isso é incrível — Charlie, o marido de Christine, disse.

— É — Christine concordou sem muito entusiasmo. Não estava nem um pouco animada por seu dia de casamento ter sido atrapalhado por um monstro atacando Manhattan. Uma pequena parte sua até se perguntava se o Doutor Estranho havia planejado isso de alguma forma, para que o resgate super-heroico pudesse ofuscar o grande dia dela.

Enquanto isso, Gargantos cortou as correntes de fogo dos magos.

Wong mergulhou dezenas de metros abaixo e conseguiu fazer um portal através da rua antes que a atingisse com força letal. Ele entrou pelo portal rápido demais, chocando-se dolorosamente contra um carro após rolar algumas vezes pela rua.

Ainda escalando o arranha-céu em direção a America, Gargantos analisou o Doutor Estranho com seu olho gigante e enroscou um tentáculo firmemente ao redor dele como uma jiboia. O Doutor Estranho tremia de raiva enquanto o monstro enorme o espremia. America olhou para baixo do parapeito da janela onde estava presa e o avistou. A traição do Defensor Strange no Espaço Entre Universos ainda doía, mas America sabia que tinha que ajudar o Doutor Estranho deste universo quando ele tão claramente precisava de ajuda.

Ela pisou com força na borda do parapeito. Uma descarga elétrica de energia saiu de seu pé, e o pisão esculpiu uma estrela de cinco pontas no enorme pedaço de concreto que caiu sobre a cabeça de Gargantos. Ele lançou um olhar maligno para ela, mas antes que pudesse atacar, o fiel Manto da Levitação vermelho do Doutor Estranho finalmente se soltou da motocicleta sob a qual estava preso e se jogou sobre o olho de Gargantos, cegando-o temporariamente.

As ações de America e do Manto distraíram o monstro tempo o suficiente para que o Doutor Estranho libertasse os braços do abraço de jiboia do tentáculo. Aproveitando a incapacidade temporária do monstro, o Doutor Estranho conjurou um par de mãos roxas brilhantes que foram lançadas a partir das próprias mãos como se fossem luvas. As mãos roxas mágicas arrancaram um poste da calçada abaixo e o mandaram reto para a pupila preta dilatada de Gargantos. Então, com o comando do Doutor Estranho, o poste foi puxado, arrancando o globo ocular do monstro como se tirasse a rolha de uma garrafa, espalhando sangue.

Morta, a criatura monstruosa tombou pelo lado do arranha-céu e aterrissou de cabeça para baixo na rua abaixo. Seus enormes tentáculos se espalhavam por todo um quarteirão da cidade.

As pessoas na festa de Christine assistiam atordoadas da varanda do hotel.

Reunido ao Manto, o Doutor Estranho flutuou até o parapeito onde America estava e abriu um portal que os levou para a rua onde Wong esperava. Ao redor deles, as sirenes soaram e os pedestres voltaram para o bairro, avaliando os danos.

— Quem é ela? — Wong perguntou ao Doutor Estranho, encarando America. O mago também queria saber.

Ela tentou escapar, mas o Doutor Estranho a agarrou pela manga da jaqueta jeans. Era a mesma que ela tinha usado no sonho estranho dele, com uma estrela branca de cinco pontas nas costas e listras horizontais vermelhas e brancas em ambos os lados da gola dianteira.

— Ei, garota, o que aquela criatura queria com você? — o Doutor Estranho perguntou.

— Onde estão seus pais? — Wong perguntou em seguida.

— Vamos levá-la pro Sanct...

O Doutor Estranho afastou as mãos para conjurar um portal, mas America correu assim que ele a soltou.

— Ela pegou meu anel — o Doutor Estranho disse, dando-se conta de que o seu Anel de Acesso, o anel mágico que lhe permitia se teletransportar para onde quisesse, tinha desaparecido.

— Ela pegou seu anel — Wong repetiu.

Ofegante, America chegou ao fim da rua e se escondeu atrás de um prédio. Os carros começaram a passar novamente pela zona do desastre que voltava a se encher mais uma vez de pessoas. Com a esperança de se esconder na multidão, ela se virou para correr e esbarrou com o Doutor Estranho e Wong. Wong balançou o Anel de Acesso no dedo, e o Doutor Estranho estendeu a palma da mão para America.

— Eu não vou matar você, garota — o Doutor Estranho disse. — Acabei de me arrebentar todo tentando salvar sua vida, lembra?

America suspirou profundamente e colocou o Anel de Acesso na mão do Doutor Estranho.

— Eu lido com monstros gigantes o tempo todo — o Doutor Estranho continuou. — Mas o que me incomoda mesmo é que noite passada você tava no meu sonho.

— Não era um sonho — America disse, olhando para o chão. Depois, ela se recompôs e olhou nos olhos dele. — Era outro universo.

O Doutor Estranho olhou para Wong confuso, e eles decidiram convidar America para comer e discutir mais a fundo o assunto.

Matar monstros com certeza abriu o apetite.

CAPÍTULO 4

— Que experiência vocês têm com o Multiverso? — America perguntou enquanto comiam pizza.
— Temos alguma experiência com o Multiverso — o Doutor Estranho disse, fazendo que sim com a cabeça — Recentemente tivemos um incidente com o Homem-Aranha...
— Homem o quê? — America perguntou com uma risadinha.
— Aranha. Ele tem poderes de aranha — o Doutor Estranho explicou.
— Daí o nome — Wong completou.
— Que nojo. E ele parece uma aranha? — America perguntou.
— Não, não, é mais como um homem mesmo — o Doutor Estranho garantiu.
— Escala paredes, solta teia — Wong explicou.
— É, isso.
— Pela bunda? — America estava incrédula.
— Não — o Doutor Estranho disse rapidamente.

— Não — Wong concordou.

— Quer dizer, talvez sim, eu não sei. Sinceramente, espero que não — o Doutor Estranho disse, levantando as sobrancelhas e reavaliando.

— Que bizarro — America respondeu e deu uma grande mordida na pizza.

— Você vai ficar com dor de barriga — o Doutor Estranho avisou.

— Eu sou de outro universo. Como você sabe que meu estômago funciona que nem o seu? — America retrucou de boca cheia.

— Eu não sei. Eu nem sei se você é mesmo de outro universo, por isso ainda estou aqui, esperando que você esclareça — o Doutor Estranho disse, de maneira um tanto condescendente.

America olhou de relance para Wong para ver o que ele achava do tom do Doutor Estranho.

— *De los dos Doutores Estranhos que he conocido, tú no eres mi favorito* — America disse em tom sarcástico.

Wong abafou uma risada.

— O que isso quer dizer? — o Doutor Estranho perguntou, sério.

America olhou para Wong, surpresa pelo Doutor Estranho não tê-la entendido quando disse que, dos dois Doutores Estranhos que ela conhecia, ele era o que ela menos gostava.

— *Este guey no habla español?* — ela reclamou.

— *Ni siquiera sé si le gusta hablar inglês* — Wong respondeu também em espanhol, brincando que não sabia nem se o Doutor Estranho gostava de falar inglês.

America deu uma risadinha e mordeu um pedação de pizza.

O Doutor Estranho juntos as mãos sobre a mesa e se inclinou para frente de maneira formal.

— Olha, eu saí de um casamento bem agradável pra impedir que uma garota fosse comida por um polvo. Agora, me diga...

— Que casamento? — Wong o interrompeu.

— Da Christine — o Doutor Estranho respondeu, ainda voltado para America.

— Você foi? — Wong não podia acreditar.

— Você casou com a Christine? — America também estava chocada.

Uma fã que parecia ter um leve crush no Doutor Estranho se aproximou com a câmera do celular apontada para ele.

— Você se incomoda se eu tirasse uma foto?

— Sim, me incomodo — ele respondeu à fã, negando-se a posar para a foto. — Não, não casei — ele respondeu a America. — Sim — ele finalmente respondeu a Wong, confirmando que tinha ido ao casamento dela.

Voltando-se novamente para America, o Doutor Estranho disse:

— Você tem que me explicar o que está acontecendo. Por que aquele polvo tava tentando devorar você? — Os olhos azuis penetrantes do Doutor Estranho estavam fixos em America enquanto ela continuava a comer tranquilamente a pizza.

— Aquela coisa tava tentando me sequestrar — ela explicou. — É como se fosse um capanga de um demônio. A única coisa que a gente sabia é que eles queriam pegar meu poder para eles.

— Que poder? — o Doutor Estranho perguntou, ainda sem acreditar.

America terminou de mastigar antes de responder.

— Eu consigo viajar pelo Multiverso.

— O quê?

— Você pode fisicamente se mover de um universo pra outro? — Wong perguntou com delicadeza.

— Uhum — America confirmou.

— Como? — o Doutor Estranho perguntou, atento.

— Esse é o problema. Eu não sei — America disse, refletindo enquanto colocava o pedaço de pizza no prato. — Eu não consigo controlar. Só acontece quando eu tô com muito, muito medo.

— Ok — o Doutor Estranho disse, finalmente começando a entender o que estava acontecendo. — E o Outro Eu sabia como derrotar esse demônio?

— Bom, vocês sabiam de um livro mágico de pura bondade que dá a um mago o que ele precisa para derrotar seu inimigo.

— O Livro dos Vishanti? — o Doutor Estranho perguntou, incrédulo. Ele negou com a cabeça. — Isso não é real. É um conto de fadas. Não existe.

— Na verdade, existe, sim. — Wong disse. — Eu descobri no livro secreto que você ganha quando se torna Mago Supremo.

— Inacreditável — o Doutor Estranho murmurou.

— Você não é o Mago Supremo? — America perguntou, apontando para o Doutor Estranho com o pedaço de pizza dobrado ao meio em sua mão.

— Não, eu não sou o Mago Supremo — o Doutor Estranho respondeu parecendo incomodado.

— O Outro Você era Mago Supremo do universo dele — America disse.

— Mas mesmo que exista, dizem que o Livro dos Vishanti é impossível de se achar — Wong disse, retomando a conversa.

— E ele é. Mas a gente achou. — America fez uma pausa para que eles absorvessem o que dizia. — Mas o demônio nos achou também. Eu pensei que você me protegeria, mas não protegeu — ela terminou com uma respiração dolorosa, ainda sentindo a ferida aberta da traição. Era surreal estar falando com um Stephen Strange alternativo que não a tinha machucado. Pelo menos não ainda.

— A batalha no meu sonho — o Doutor Estranho se deu conta.

— Aquilo não era um sonho — America disse, olhando o Doutor Estranho nos olhos.

— Prove — ele disse.

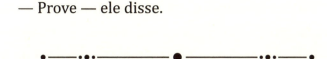

Depois de terminarem de comer, America levou o Doutor Estranho e Wong ao telhado abandonado onde ela havia deixado o corpo morto do Defensor Strange sob uma lona bege. Wong tirou a lona do rosto, que estava coberto de cortes ensanguentados. O corpo já estava pálido e rígido.

O Doutor Estranho caiu de joelhos.

— Não era um sonho.

America virou-se de costas, nauseada pelo cadáver e pela lembrança da traição do Defensor Strange.

— Isso significa que os sonhos são janelas para as vidas dos nossos eus multiversais — o Doutor Estranho falou baixinho para Wong.

— Era a teoria dele — America interveio, apontando para o corpo.

— Então aquele pesadelo recorrente em que tô correndo pelado, fugindo de um palhaço...? — Wong perguntou.

O Doutor Estranho olhou para ele perplexo.

— Em algum lugar por aí, é real — America respondeu.

— Em algum lugar por aí, eu tinha um rabo de cavalo — o Doutor Estranho lamentou, ainda ajoelhado com Wong ao lado do corpo.

Os olhos do Defensor Strange miravam sem vida o céu acima, sem poder defender sua escolha de penteado.

— Outras criaturas podem estar vindo atrás dela — Wong sussurrou.

— Esse poder já é poderoso demais nas mãos de uma criança. Imagine nas de uma ameaça verdadeira — o Doutor Estranho respondeu.

Temerosa, America começou a se afastar.

Wong deu um passo adiante tentando acalmar a garota.

— Acabei de perceber, jovem, que não sabemos o seu nome.

— America Chavez — ela disse, ainda se mantendo a uma distância segura dos dois magos, e endireitou os ombros.

— Senhorita Chavez, gostaria de vir conosco até o Kamar-Taj? — Wong perguntou, curvando-se suavemente e abrindo os braços em convite.

Kamar-Taj era uma antiga escola escondida nas montanhas do Himalaia, onde magos e magas, especialmente aqueles que haviam sido feridos, iam para aprimorar seus poderes e se curar. Foi onde o Doutor Estranho descobriu a magia e deu a volta por cima após o acidente de carro que acabou com a carreira dele como cirurgião bem-sucedido.

— Você vai estar segura lá — Wong lhe garantiu.

America balançou a cabeça, tremendo um pouco.

— E quem garante que vocês não vão me trair que nem ele? — Ela apontou na direção do corpo do Defensor Strange deitado no chão.

O Doutor Estranho ficou em silêncio por um momento antes de responder, compreendendo a preocupação de America. E deu de ombros.

— Acho que você vai ter que confiar em mim.

America o encarou de volta, refletindo.

— E o que a gente faz com ele? — Wong perguntou, olhando para o corpo ferido e sem vida do Defensor Strange.

O Doutor Estranho limpou a garganta e então, com magia, moveu pedras de uma estrutura no telhado para criar um buraco. Ele cobriu o rosto assustadoramente familiar com a lona e fez o corpo levitar suavemente até a cova improvisada. Por fim, selou a superfície de pedra sobre ele.

— Isso com certeza é violação de alguma lei — Wong observou.

— Ah, já enterrei coisas piores — o Doutor Estranho falou, meio brincando, meio sério.

— A criatura que matou ele, por acaso tinha as mesmas marcas que o polvo? — Wong perguntou.

— Runas — o Doutor Estranho respondeu, lembrando-se do sonho.

— Isso não é magia — Wong disse.

— É feitiçaria — o Doutor Estranho respondeu.

— A gente conhece alguém que enfrentou algo assim? — Wong perguntou.

— Acho que conheço. – O Doutor Estranho ficou aliviado ao perceber que conhecia alguém experiente no assunto, em quem confiava e com quem poderia falar sobre America.

CAPÍTULO 5

NA COZINHA BRANCA E iluminada de sua casa, Wanda Maximoff misturava alegremente a massa de biscoito em uma tigela. Parte dos Vingadores, Wanda era uma super-heroína com poderes telecinéticos e telepáticos que ajudou a derrotar Thanos e vários outros supervilões. Mas, neste momento, ela era apenas uma mãe comum com um cardigã azul.

— Chocolate! — Os jovens filhos gêmeos, Billy e Tommy, correram na direção dela e tentaram enfiar as mãos na tigela.

— Ei! O que foi que eu disse? — Wanda perguntou.

— Mas a gente não consegue mais esperar! — Um dos garotos olhou para ela com olhos grandes e inocentes. Os dois tiraram um pedaço de massa de biscoito e comeram.

— Oh! — Wanda fez uma cara de que eles estavam em apuros, mas riu, complacente. — Vão lavar as mãos. – Ela os mandou para a pia.

Mais tarde, já escuro, ela foi até o quarto deles desejar boa noite.

— Mãe, para. A gente já é grande — Tommy disse, segurando o cobertor enquanto Wanda tentava cobri-lo.

Wanda se afastou e ergueu as mãos em derrota.

— Ah, tudo bem.

— Pode me cobrir, mãe — Billy disse. Ele olhava para ela cheio de carinho.

— Pode deixar — ela respondeu, contente, e se acomodou na beira da cama, acariciando o cabelo dele. — Sabe, família é pra sempre. A gente nunca vai se separar, nem se a gente tentar. — Ela olhou de volta para Tommy.

— Mãe, eu mudei de ideia — Tommy disse. — Você pode me cobrir, se quiser.

— Ok. — Wanda sorriu para ele, depois se virou para beijar a testa de Billy. — Te amo — ela disse.

Então foi cobrir Tommy e... de maneira abrupta, o quarto das crianças desapareceu.

De repente, Wanda acordou sozinha na sua própria cama, em um quarto familiar cheio de luz. Era de manhã, e ela estava usando um pijama preto. Ao contrário da tonalidade muito mais escura em seus sonhos, o cabelo dela era loiro claro acobreado. Os olhos dela estavam vermelhos de tanto chorar. A pele do rosto estava pálida, quase se misturando ao bege acinzentado da fronha do travesseiro. Ela tremia. Wanda estava de luto e sozinha.

Naquela manhã, Wanda cortava flores cor-de-marfim de árvores em um pomar ensolarado. Ela vestia uma camisa de flanela e uma jaqueta confortável, seu cabelo estava amarrado em uma trança comprida. A grama verde se estendia pelos vários hectares do terreno, e os pássaros chilreavam.

Ao se aproximar, o Doutor Estranho, seu amigo e colega super-herói, pensou que Wanda havia escolhido o lugar perfeito e pacífico para se recuperar depois de ter perdido tantos entes queridos nos últimos anos.

Todas as pessoas que Wanda mais amava no mundo tinham morrido. Quando criança, seus pais foram mortos por um bombardeio que atingiu a casa dela em Sokovia, um país na Europa Oriental. Quando ela e seu irmão gêmeo, Pietro, se juntaram aos Vingadores, ele foi morto em batalha contra Ultron, um vilão que pretendia exterminar a Terra. Mais tarde, Wanda encontrou a felicidade com um companheiro Vingador chamado Visão, mas também o perdeu na batalha contra Thanos.

— São maçãs, não são? — o Doutor Estranho perguntou, aproximando-se de Wanda.

— Vão ser — ela respondeu e ofereceu a ele um galho cheio de botões brancos.

O Doutor Estranho levou as flores até o nariz.

— O cheiro é...

— Doce — Wanda completou.

— Eu ia dizer "real" — ele respondeu, com as sobrancelhas arqueadas como se perguntasse algo.

— Ah, é tudo muito real, obrigada. A magia não faz mais parte da minha vida — Wanda disse, balançando uma pequena tesoura de poda.

— Estou vendo. — Doutor Estranho observou com admiração o pomar de maçãs.

— Eu sabia que mais cedo ou mais tarde você ia aparecer querendo falar sobre o que aconteceu em Westview — Wanda disse, guardando o cortador no bolso. Ela olhou o Doutor Estranho nos olhos, aceitando a responsabilidade por ter forçado uma cidade inteira a fingir que eram atores em uma série de comédia sobre a vida dela.

Ela não tinha intenção de fazê-lo, pelo menos não no início. A dor de perder Visão a havia consumido e, com poderes sobrenaturais, ela tomou o controle da mente de todos os seus vizinhos, prendendo-os em uma anomalia conhecida como o Hex. Na realidade que criou, ela também tinha trazido Visão magicamente de volta à vida, e até mesmo dado à luz gêmeos. Quando ela pôs fim ao feitiço, os vizinhos dela tinham voltado para suas vidas normais, e as crianças que ela criou com seus poderes, junto a Visão, tinham desaparecido, deixando-a sozinha novamente.

— Eu cometi erros, e pessoas se feriram — Wanda confessou.

— Mas você fez a coisa certa no final, e nisso nunca deixei de acreditar — o Doutor Estranho respondeu delicadamente. — Não vim aqui pra falar de Westview.

— Então por que veio?

— Nós precisamos de sua ajuda — ele disse a ela.

Wanda levantou uma sobrancelha, pegou de volta o galho podado da mão do Doutor Estranho, e começou a caminhar pelo pomar.

— O que você sabe sobre o Multiverso? — Doutor Estranho perguntou, mantendo-se ao lado de Wanda.

— O Multiverso. Vis tinha algumas teorias — ela disse, referindo-se ao seu falecido amor. — Ele acreditava que era real. E perigoso. — Wanda jogou o galho podado em uma cesta.

— Bem, ele estava certo nos dois casos — o Doutor Estranho disse. — Encontramos uma garota que, de alguma forma, consegue viajar por ele. Mas ela tá sendo perseguida.

— Perseguida por quem? — Wanda perguntou.

— Algum tipo de demônio. Um que deseja o poder dela para si.

— Hum.

— Nós a levamos para o Kamar-Taj, e temos boas defesas, mas uma Vingadora seria bem-vinda — ele disse, olhando para Wanda enquanto passeavam sob as flores de maçã banhadas pelo sol. Ao longe, um rebanho felpudo de ovelhas passava.

— Existem outros Vingadores — Wanda respondeu, desinteressada.

— É, mas, entre um arqueiro de moicano e vários combatentes do crime com nomes de inseto, ou uma das magas mais poderosas do planeta, não tem muito o que escolher. — O Doutor Estranho sorriu.

Wanda sorriu de volta, agradecendo o elogio.

— Venha para o Kamar-Taj — ele disse. — Você vai voltar a estampar lancheiras.

Wanda encarou o Doutor Estranho pensativa.

— E se você trouxer America aqui?

O Doutor Estranho ficou surpreso.

— Aqui?

— É, eu sei como é ficar sozinha, sendo caçada por habilidades que você nunca quis. E eu posso protegê-la — Wanda disse, tentando não soar muito interessada. Ela parou, percebendo que o Doutor Estranho tinha ficado para trás, e o olhou sobre o ombro.

O Doutor Estranho fechou os olhos, compreendendo que Wanda provavelmente era o ser sobrenatural que havia enviado todos aqueles monstros atrás de America.

Notando as sobrancelhas tensas dele e repassando a conversa que tiveram, Wanda chegou à conclusão sobre como ele tinha descoberto. Ela cometeu um erro.

— Você não tinha me dito o nome dela, né? — Wanda perguntou.

— Não tinha, não.

Wanda assentiu.

— Você sabia que o Hex foi a parte fácil? A mentira, nem tanto.

Ela gesticulou com uma mão, e chamas vermelhas se espalharam pelo pacífico e verdejante pomar, dissolvendo-o para revelar que o tempo todo eles estiveram em um terreno baldio que irradiava magia. O campo estéril estava cheio de árvores mortas e torcidas iluminadas por um céu ensanguentado.

As roupas de fazenda de Wanda também foram transformadas: o traje carmesim e a tiara pontiaguda combinando mostravam que ela era a Feiticeira Escarlate, ainda que o tecido estivesse um pouco corroído. O vermelho forte escureceu ainda mais e foi ficando manchado em alguns pontos, como se tivesse sido comido.

O Doutor Estranho retesou o rosto com o novo ambiente. Ele preferia muito mais o pomar ensolarado.

Ao lado de Wanda, páginas de escrituras antigas dentro de uma capa de couro pulsavam suspensas no ar.

— O Darkhold — ele disse, temeroso, ao reconhecê-lo.

— Você conhece o Darkhold? — Wanda perguntou, curiosa.

— Eu sei que é o Livro dos Condenados, e que corrompe tudo... — ele olhou novamente para o cenário inóspito e sombrio — ... e todos que o tocam. Só posso imaginar o que ele fez com você.

Wanda negou, balançando a cabeça.

— O Darkhold apenas me mostrou a verdade. Tudo que eu perdi pode ser meu de novo. — Ela encarou o Doutor Estranho, implorando que a compreendesse.

— O que você quer com a America? O que você quer com o Multiverso?

— Eu vou embora desta realidade, vou para uma onde posso estar com meus filhos — ela disse, cheia de carinho na voz.

O Doutor Estranho encarou Wanda como se aquela fosse a ideia mais absurda que ele já tivesse ouvido.

— Wanda, seus filhos não são reais — ele disse. — Você os criou usando magia.

— É o que toda mãe faz — Wanda respondeu, como se aquele fato já devesse ser de conhecimento do Doutor Estranho. Ela começou a andar em torno dele. — Se você soubesse que existe um universo em que você é feliz, não ia querer ir pra lá?

A pergunta pegou o Doutor Estranho de surpresa. Uma parte dele tinha secretamente desejado por uma linha do tempo alternativa pouco tempo atrás. Querendo um mundo em que ele pudesse resolver os problemas com Christine e viver feliz para sempre. Mas ele piscou os olhos mandando o pensamento embora.

— Eu sou feliz.

— Sei melhor que muita gente como é mentir pra si mesmo — Wanda disse, sem acreditar nele.

— O que você está fazendo é uma violação grave de todas as leis da natureza, e, se você tomar o poder daquela criança, ela não vai sobreviver — o Doutor Estranho retrucou com aspereza.

Wanda estreitou os olhos para ele.

— Eu não sinto prazer em machucar ninguém, Stephen. — Ela engoliu em seco, depois deu de ombros, deixando para lá a preocupação dele. — Mas ela não é uma criança. É um ser sobrenatural. Um poder tão bruto poderia causar estragos neste e em outros mundos. Seu sacrifício seria para o bem maior. — Ela acenou com a cabeça, concordando com o próprio raciocínio.

— Olhe, pode dizer adeus às estampas das lancheiras, porque esse é o tipo de justificativa que os nossos inimigos usam — ele disse.

Wanda se irritou com o tom reprovador. Como se o Doutor Estranho não tivesse direito de falar algo assim.

— Como a que você usou quando deu a Joia do Tempo para Thanos? — ela retrucou.

O Doutor Estranho fez silêncio por um momento e ignorou a pontada de arrependimento na sua barriga.

— Estávamos em guerra, e eu fiz o que tinha que fazer.

— Você quebra as regras e vira um herói. Eu quebro e viro uma inimiga. Isso não parece justo pra mim — Wanda disse, séria.

O Doutor Estranho olhou para ela, desanimado.

— E o que acontece agora?

— Volte para o Kamar-Taj e se prepare para me entregar America Chavez ao entardecer. Pacificamente. — A voz de Wanda soava fatal. — Depois disso, você nunca mais vai me ver. — Ela sorriu, já sonhando estar reunida aos filhos, e se afastou.

— E se não fizermos isso? — o Doutor Estranho falou para ela.

— Então não será a Wanda que irá até lá. Será a Feiticeira Escarlate — ela ameaçou.

CAPÍTULO 6

O Doutor Estranho voltou diretamente para o Kamar-Taj para informar Wong e os discípulos do Kamar-Taj sobre sua conversa com Wanda e para elaborar um plano. Eles se encontraram em um pátio sombreado que se abria para um amplo terraço ao ar livre e tinha uma vista das montanhas de tirar o fôlego.

— Wanda se foi. Ela tem o Darkhold, e o Darkhold tem controle sobre ela — o Doutor Estranho anunciou com pesar.

— A Feiticeira Escarlate é um ser de magia imensurável. Ela pode reescrever a realidade como bem quiser, e foi profetizado que ela vai governar ou aniquilar o cosmos — Wong disse.

— Ela controlou uma cidade inteira usando apenas a mente — o Doutor Estranho anunciou, sombrio. — Se ela conseguir o poder da America, ela pode escravizar todo o Multiverso.

America estava mais para o lado, a alguns metros do Doutor Estranho, escutando o seu relato. Com seu traje casual jeans, ela se destacava dos magos vestidos em suas túnicas. O clima da plateia era solene, mas respeitoso. Ninguém mais parecia surpreso pela péssima decisão do Doutor Estranho. America ficou receosa pensando se teria ido ao lugar errado.

— Então, a pessoa a quem você foi pedir ajuda, e a quem você contou exatamente onde estou, é a pessoa que tá tentando me matar?

— É — o Doutor Estranho disse, com uma cara de que se sentia mal pelo erro bobo. Não foi o suficiente. America olhou para ele com desprezo.

Wong entrou no modo de batalha.

— Suspendam as aulas imediatamente e armem os estudantes — ele ordenou. — O Kamar-Taj precisa se transformar numa fortaleza neste instante.

Os tambores batiam enquanto os magos pegavam as armas e se posicionavam ao redor do palácio. Os Mestres do Sanctum de Hong Kong e Londres se apresentaram. Eles se curvaram em saudação a Wong, oferecendo sua ajuda ao Mago Supremo.

— É um costume antigo — Wong disse ao Doutor Estranho, que estava posicionado educadamente atrás dele. Os lábios do Doutor Estranho se curvaram num pequeno sorriso, recordando-se da conversa breve que tiveram sobre isso enquanto lutavam contra um polvo monstruoso gigante.

Mas não havia mais tempo para frivolidades. Uma camada espessa de nuvens negras crescia na direção do Kamar-Taj. Gritos pavorosos e retumbantes enchiam o céu escuro. Com as lanças em punho, centenas de magos e magas estavam a postos nas muralhas do Kamar-Taj, olhando para cima. As nuvens negras apagaram o sol e se transformaram em fumaça cinza ondulante. Flutuando com a Magia do Caos, a Feiticeira Escarlate emergiu do centro, com bolas de fogo vermelhas na palma de suas mãos.

— Escolha suas palavras com sabedoria — Wong aconselhou o Doutor Estranho, os olhos de ambos estavam fixos lá no alto. — O destino do Multiverso pode depender disso.

— Entendido. Sem pressão, então — o Doutor Estranho tentou brincar um pouco.

Wong concordou com a cabeça em reconhecimento silencioso da posição difícil em que o amigo estava.

Respirando fundo e usando o Manto da Levitação, o Doutor Estranho voou para além das nuvens até a fraca luz do sol.

— Tudo isso por uma criança que você conheceu ontem — a Feiticeira Escarlate criticou o exército de magos lá embaixo. Ela estava aborrecida com o fato de que um homem que basicamente permitiu que metade do mundo desaparecesse fosse tão longe por uma única estranha, só para frustrar seu plano...

— Wanda, eu compreendo sua raiva. Você precisou fazer sacrifícios terríveis — o Doutor Estranho começou a falar, tentando argumentar com ela.

Mas, como ele já suspeitava, a Wanda que ele conhecia, que tinha trabalhado para salvar o mundo, tinha desaparecido.

— Eu abri um buraco na cabeça do homem que eu amava, e não serviu pra nada — ela disse, com raiva, lembrando ao Doutor Estranho que Visão a tinha convencido a matá-lo para impedir que Thanos conseguisse a Joia da Mente, que estava no cérebro de Visão. Aquilo tinha deixado a Feiticeira Escarlate profundamente traumatizada. E o pior, sequer funcionou.

E era tudo culpa do Doutor Estranho.

Porque o Doutor Estranho entregou a Joia do Tempo a Thanos, que a usou para voltar no tempo, matar Visão novamente, e causar o Blip do mesmo jeito.

— Não venha me falar de sacrifícios, Stephen Strange — a Feiticeira Escarlate o alertou, sua voz grave e mortífera.

Então, de repente, ela pareceu mudar de estratégia com ele.

Sabendo o que havia dentro do coração do Doutor Estranho, voou mais para perto dele.

— Se me der o que eu quero, eu posso te mandar pra um mundo onde você possa ficar com a Christine.

O Doutor Estranho se afastou dela.

— Todo o poder do Kamar-Taj está contra você — ele respondeu.

— Assumam as posições de defesa, agora! — Wong comandou no chão lá embaixo, e o exército de magos conjurou em suas mãos círculos mágicos de um laranja vibrante, mantendo-as sobre as cabeças.

— Não se atreva a entrar nesse solo sagrado — o Doutor Estranho ameaçou.

— Você não faz ideia de como eu tenho sido razoável — a Feiticeira Escarlate disse devagar e com grande controle. Ela ameaçava explodir a qualquer momento, mas mantinha o temperamento sob controle.

— É, tomando o Livro dos Condenados, assumindo-se feiticeira, conjurando criaturas para sequestrar uma criança. Eu não diria que isso é ser razoável.

— Mandar aquelas criaturas no meu lugar foi um ato de misericórdia — a Feiticeira Escarlate disse, ainda controlando sua raiva. — E, apesar de suas hipocrisias e insultos, eu implorei a você que saísse do meu caminho em segurança. Você esgotou minha paciência. — Ela sugou as bochechas. Seus lábios se retorciam com a intensidade de suas palavras. — Mas eu espero que entenda que, mesmo agora, o que está prestes a acontecer, sou eu sendo razoável.

Com isso, ela carregou e atirou uma chama ardente de Magia do Caos no Doutor Estranho. A chama atingiu uma parede invisível diante dele, um campo de força mágico conjurado pelos magos abaixo, protegendo todo o Kamar-Taj.

— Segurem firme! — Wong gritava para o exército que tecia escudos defensivos dourados para manter ativo o campo de força.

Com um olhar de desapontamento final, o Doutor Estranho virou-se de costas para Wanda e levitou até o chão.

— Mandei bem — ele disse a Wong, sarcástico.

Acima deles, Wanda tremia de raiva.

— Reforcem o escudo! — Wong gritou, e as muralhas brilharam ainda mais forte com a magia reforçada dos magos.

A Feiticeira Escarlate continuou a bombardear o campo de força. Incapaz de penetrá-lo, ela decidiu mudar mais uma vez sua estratégia. Parou de atirar e se concentrou nos magos abaixo, aproximando-se deles individualmente. Os dois primeiros estavam bastante concentrados e evitando o contato visual. Não, ela não conseguiria chegar até eles facilmente.

— Ela tá tentando invadir a mente deles — o Doutor Estranho disse.

Wong fez uma concha com as mãos diante da boca e gritou:

— Magos! Fortifiquem suas mentes!

Nem um pouco intimidada, a Feiticeira Escarlate ampliou um mago, o Fuinha, que parecia um pouco assustado atrás de sua parte do escudo mágico.

Bingo.

Ela mandou uma visão de si mesma sussurrar na orelha dele:

— Corra.

Chorando, o Fuinha saiu correndo, deixando um pequeno buraco no campo de força por onde a Feiticeira Escarlate imediatamente atirou. O Doutor Estranho correu para remediar os danos e conseguiu repelir algumas rochas, mas já era tarde demais. O escudo se rasgou.

— O escudo caiu! — Wong gritou, e os demais magos partiram para o plano B, conjurando um canhão com a forma de um dragão.

— Fogo! — Sara, uma jovem maga, comandou, e uma explosão mágica fez Wanda sair girando pelo céu.

— Isso! — Wong celebrou, e Sara sorriu.

Irada, a Feiticeira Escarlate se recompôs e voou mais perto do Kamar-Taj, esferas de poder fervilhando em ambas as mãos. Uma equipe de magos recarregou um canhão em uma das torres, mas ela usou telecinese para quebrar o canhão e destruiu a muralha, depois os atacou com os escombros.

— Protejam-se! — Sara gritou, pouco antes de uma explosão nocauteá-la e a vários outros magos.

— Abrir fogo! — Wong deu o comando a uma tropa de arqueiros, mas todo o poder do Kamar-Taj não era páreo para a Feiticeira Escarlate.

Ela virou as flechas na direção deles, depois demoliu o palácio com explosões atrás de explosões. Luzes vermelhas e fumaça cobriram o campo de batalha. Magos gritavam e caíam aos montes.

— Recuem — o Doutor Estranho gritava, acenando com os braços. — Wong, vamos sair daqui!

O restante do exército arcano se dirigiu ao interior do palácio, onde America esperava, apavorada e sentindo-se culpada por tantas pessoas estarem morrendo para protegê-la. Ela queria lutar também, mas o Doutor Estranho se recusou a deixá-la arriscar sua vida.

Lá fora, a Feiticeira Escarlate finalmente colocou os pés no Kamar-Taj e lançou uma onda de choque mortal pelo pátio, para garantir que ninguém fosse se atrever a atacá-la. Então marchou sobre cinzas e escombros com suas botas de couro de salto alto, passando por pequenos pontos de incêndio e corpos queimados irreconhecíveis. Ela fechou os olhos e sussurrou o nome de America em sokoviano, tentando descobrir onde a garota estava.

Dentro do que restou do Kamar-Taj após o ataque brutal de Wanda, America sentiu a feiticeira observando-a por uma estátua e arfou assustada.

Do lado de fora, a Feiticeira Escarlate abriu os olhos, contente por ter encontrado America, mas viu o Doutor Estranho bloqueando seu caminho. Ele estava em uma entrada escura, ladeado por criaturas de pedra e velas.

— Se quiser pegar a garota, vai ter que passar por mim — ele disse.

— Tudo bem.

Ela deu um passo adiante e ativou uma placa de pressão, um disco de madeira que acionou uma armadilha mágica. O Doutor Estranho cintilou e desapareceu, e a Feiticeira Escarlate percebeu que ele era apenas uma ilusão. Ela se viu repentinamente no meio de uma estrela de pedra, no centro de um círculo. A sala ao seu redor se transformou, e ela sentiu que estava observando as engrenagens dentro de um relógio gigantesco, ou caminhando através de um quebra-cabeça 3D. O zumbido mecânico preencheu o ar, depois o tilintar de uma melodia misteriosa que parecia saída de uma caixa de joias antiga.

De repente, espelhos a cercaram em todas as direções. Quando ela tentou escapar, eles se transformaram em uma cela de lâminas espelhadas. A feiticeira tentou explodir sua prisão, mas a esfera vermelha de Magia do Caos ricocheteou de todas as bordas afiadas no espaço apertado, e ela teve que se abaixar para evitar ser ferida por seu próprio disparo.

Perplexa, a Feiticeira Escarlate olhou para seu reflexo fragmentado nos pedaços do espelho, e finalmente entendeu. As pontas de seus dedos estavam queimadas, tingidas de preto pela magia maligna do Darkhold. Ela os estendeu com cuidado, e eles atravessaram o espelho, transformando o vidro em água.

CAPÍTULO 7

— Nós temos que tirar você daqui. Agora — o Doutor Estranho disse, apressando-se para tirar America do santuário.

— Wong, o que houve? — ela perguntou, desesperada por notícias.

— O Kamar-Taj caiu — ele respondeu, abalado.

O Doutor Estranho tentou abrir um portal, mas seu Anel de Acesso brilhou vermelho e desapareceu. Todas as portas da sala cheia de painéis vazados em que estavam se fecharam abruptamente, e gritos abafados preencheram o ambiente. Os dois magos que vinham protegendo America até agora desapareceram através de poças como se alçapões tivessem se aberto sob seus pés. Os gritos soaram mais alto.

— Reflexos — o Doutor Estranho disse.

America olhou para ele horrorizada.

— Ela tá usando os reflexos! — ele explicou. — Cubram eles!

Eles pegaram colchas e tapeçarias e as jogaram sobre todas as poças. Wong fez uma barulheira quando puxou a toalha de uma mesa e derrubou algumas ferramentas. America se curvou sobre uma poça e viu os olhos cinza da Feiticeira Escarlate olharem de volta. Assustada, ela se retraiu e se arrastou de costas até um gongo dourado. De repente, o gongo parecia molhado. A mão da Feiticeira Escarlate rasgou o centro do instrumento, próximo à cabeça de America. A garota se jogou para longe enquanto o resto do corpo da Feiticeira Escarlate saía de lá contorcido de um jeito anormal. Seus ossos estalavam enquanto ela se erguia em uma pequena nuvem de fumaça vermelha, e ela sangrava por um corte diagonal que atravessava todo seu rosto. Mas suas feridas já estavam se curando.

Recobrando o fôlego depois do esforço extenuante, a Feiticeira Escarlate caminhou calmamente até o Doutor Estranho e Wong. Eles estavam diante de America para protegê-la.

— Vocês desperdiçaram aquelas vidas todas só para me manter longe dos meus filhos — a Feiticeira Escarlate os repreendeu.

— Foi você quem os matou — o Doutor Estranho retrucou. — Não podemos deixar que você atravesse o Multiverso.

Ela parou de andar, ofendida.

— Eu não sou um monstro, Stephen. Sou uma mãe.

— Wanda, você não tem filhos. Eles não existem — o Doutor Estranho disse, tentando desesperadamente convencê-la da realidade.

— Ah, mas existem, sim. Em todos os outros universos. Eu sei que existem, porque eu sonho com eles. Todas as noites.

Ela levantou os braços sobre a cabeça e uma esfera de luz vermelha saiu dela e se transformou no Darkhold, aberto na página do atlas mágico, projetando uma versão alternativa de Wanda brincando com seus filhos Billy e Tommy. O Doutor Estranho assistiu as projeções, aturdido.

— Toda noite, o mesmo sonho — a Feiticeira Escarlate disse, olhando melancolicamente para o atlas. — E toda manhã... — Ela fez uma pausa, fechando o livro com um pequeno movimento do dedo. — ... o mesmo pesadelo.

America olhou para ela cheia de tristeza, chocada com a pena e compaixão que sentia de repente por sua perseguidora. Estava à beira das lágrimas.

— E se você for até eles? — o Doutor Estranho perguntou. — O que acontece com a Outra Você? O que acontece com a mãe deles?

A Feiticeira Escarlate não respondeu. Ela tentou manter uma expressão inocente no rosto, mas um brilho malvado quase imperceptível manchou seus olhos e fez o Doutor Estranho sentir calafrios na sua espinha. O plano dela era matar a Wanda alternativa e tomar seu lugar. Talvez ele tivesse errado sobre os filhos dela não existirem, mas o Doutor Estranho tinha plena certeza de uma coisa: o

Darkhold tinha transformado Wanda em um monstro. Ele cruzou os pulsos e lançou um feitiço nela, um par de cobras que se multiplicava cada vez que ela as atingia.

O Doutor Estranho sibilou alto, dando ordens a suas cobras mágicas, e irritou bastante a Feiticeira Escarlate. Ela causou uma enorme explosão de poder que eliminou as serpentes. Em seguida, magia vermelha brilhando em suas mãos abertas, ela flutuou para o alto e atirou no Doutor Estranho, jogando-o contra uma coluna, para fora do caminho. A Feiticeira Escarlate amarrou America em uma corda vermelha de Magia do Caos e a deixou suspensa no ar. Wong atirou o dardo e corda na Feiticeira Escarlate, mas ela parou o dardo e o atirou de volta nele na forma de uma dúzia de lâminas mágicas que fizeram ele girar pelos ares e depois cair no chão, inconsciente.

Com o Doutor Estranho e Wong temporariamente incapacitados, a Feiticeira Escarlate voltou imediatamente sua atenção para absorver magicamente o poder de America. Um vento sobrenatural soprava pela sala, sacudindo o cabelo ruivo acobreado da Feiticeira Escarlate. Folhas giravam pelo ar. Ela segurava suas palmas vermelhas brilhantes, pronta para receber a magia roubada.

Buracos brancos cintilantes apareceram no torso de America e seu poder começou a fluir na direção da Feiticeira Escarlate em feixes enevoados que rapidamente se ampliaram em feixes de luz branca. A Feiticeira Escarlate sorriu, satisfeita com seu controle arcano. Os olhos de America brilharam brancos e reviraram para trás, para dentro de sua cabeça.

Um imenso e brilhante portal em forma de estrela se abriu atrás dela com uma lufada audível. Ele zunia como um aspirador, ameaçando sugar America por entre suas cinco pontas para outro universo. Mas a Magia do Caos da Feiticeira Escarlate mantinha a garota no lugar, imune à força do portal.

Sangrando por um corte no supercílio, o Doutor Estranho recobrou a consciência. Ele notou o portal e mergulho na direção de America. A Feiticeira Escarlate lançou uma rajada nas costas dele, mas o Manto absorveu o golpe, e o mago empurrou America para dentro do portal.

Os dois rolaram aceleradamente por vários universos do Multiverso: um borrão de dunas de areia e montanhas desertas, a borda do espaço sideral, uma rede complexa de pilares brilhantes de gelo azul. Eles despencaram sobre um oceano cheio de peixes tropicais coloridos, onde o Doutor Estranho segurou America pela cintura para que ela não se afogasse, depois giraram pelo ar sobre uma rua movimentada de Nova York que se parecia muito com a Nova York do Doutor Estranho, exceto pelos peixes voando sobre os carros.

Eles passaram desgovernadamente por vidro quebrado e sobre o que parecia ser uma enorme rede de tubos e fios elétricos com carros voadores, pelo badalar sinistro de sinos e uma pilha de ossos, por uma exuberante floresta verde povoada de dinossauros, por uma dimensão de desenho animado tocando uma melodia alegre em que eles pareciam ter saído das páginas de uma história em quadrinhos, seguiram em frente através de uma rua devastada por batalhas, sombreada em preto e branco, e por um universo onde sua pele se pixelizava em cubos. O Doutor Estranho uivava de dor enquanto seu rosto se separava em quadradinhos.

De repente, eles estavam rodopiando por um mundo que os transformou em jatos de tinta, depois esguicharam e rugiram e viajaram mais e mais rápido até que, finalmente, outro portal em forma de estrela se abriu e os cuspiu sobre um gramado verde bem-cuidado.

Ambos ficaram na grama ofegantes.

— Você tá bem? — o Doutor Estranho perguntou, enquanto tentava se levantar.

— Você me salvou — America disse, surpresa. Ela estava bem menos cansada com a viagem do que ele.

— Espero que sim — o Doutor Estranho disse, pondo-se de pé com dificuldade.

Ele olhou em volta da paisagem desconhecida. O gramado estava coberto de flores amarelas. Aparentemente, tinham pousado em um jardim de telhado gradeado. Flores azuis, amarelas e roxas cobriam as muretas de tijolo. Ao longe, torres esguias tocavam o céu, mas essa Manhattan era bem diferente, como o Doutor Estranho bem viu, desenhada para maximizar a área verde. Flores, vinhas, árvores, e arbustos cresciam por toda parte: nas laterais dos prédios, sobre os telhados, nas calçadas abaixo. Até mesmo a base de uma lata de lixo no canto tinha grama e florezinhas amarelas crescendo nela.

— Estou surpresa que você não vomitou — America o elogiou.

— Essa não é minha primeira viagem esquisita, garota. Então, essa é a Nova York no Multi...

O Doutor Estranho engasgou e correu para vomitar na lata de lixo.

— Agora, sim. — America fez uma careta e se afastou para dar privacidade a ele.

Quando ele terminou de vomitar, a gola do Manto tentou limpar o rosto dele.

— Para com isso — o Doutor Estranho disse, tirando-o. Então notou que o Manto estava com um furo gigante. Ele olhou através do buraco. — Vamos consertar você.

Pronto para retornar ao trabalho, ele se voltou para sua companheira de viagem e navegadora.

— Certo, America, você tem que abrir um portal e levar a gente de volta pra lá agora.

— Eu não sei fazer isso — ela disse, dando de ombros acanhada.

— Você acabou de fazer — o Doutor Estranho respondeu, tentando esconder a impaciência.

— Não de propósito.

— O Wong tá lá sozinho com a Wanda, e eu sou a única esperança dele — o Doutor Estranho insistiu, tomado de preocupação pelo amigo.

DR. ESTRANHO NO MULTIVERSO DA LOUCURA

— Eu não consigo controlar meus poderes... — A sua voz falhou, e ela olhou desamparada para o Doutor Estranho.

— Você deve ser capaz de algum jeito. Até eu poderia...

O Doutor Estranho começou a gritar, mas se interrompeu, lembrando-se da traição do eu alternativo dele. O Defensor Strange tinha tentado tomar os poderes de America dela.

— Me desculpe. — Ele olhou para longe, odiando o medo que viu nos olhos de America, odiando que ela sequer podia pensar que ele intencionalmente a machucaria. Ele suspirou, depois voltou a falar, num tom mais gentil, tentando encontrar uma solução. — Que tal procurarmos sua versão neste universo? Talvez ela saiba controlar os poderes dela.

— Este universo não tem uma eu — America disse, sentindo-se péssima por tudo que estava acontecendo.

— Como assim?

— Nenhum deles tem.

— O quê? Como você sabe?

— Porque eu já procurei — America respondeu, séria. — E porque eu nunca tenho sonhos.

O Doutor Estranho ficou abalado por um momento.

— Tá tudo bem, garota. E mesmo que você pudesse me levar de volta, eu não tenho chances de vencer a Wanda. — Sentindo-se derrotado, ele começou a andar de um lado para o outro.

America não estava pronta para desistir ainda. Ela deu um passo na direção dele.

— E o Livro dos Vishanti?

— O que tem ele?

— O Outro Você achava que ele poderia parar quem quer que estivesse atrás de mim.

— É, bem, que bom pro Outro Eu. Ele não tá aqui, né? Eu não sei onde o livro está, então a não ser que tenha outro Outro Eu... — o Doutor Estranho se perdeu no pensamento. Ele e America se entreolharam, a mesma ideia cruzando a mente dos dois.

— A gente precisa achar... — America começou.

— ...o Outro Outro Eu — o Doutor Estranho terminou.

CAPÍTULO 8

O Doutor Estranho e America partiram. Ele ficou maravilhado com esta versão do Multiverso de Manhattan quando chegou à rua por uma viela lateral ao lado do jardim no telhado. A dedicação deste mundo à botânica era ainda mais impressionante vista do chão. Videiras floridas cobriam artisticamente as paredes de tijolo. As varandas dos apartamentos transbordavam com arbustos dourados e magenta. Uma árvore na calçada estava tão cheia de flores brancas que elas se misturavam em um redemoinho parecido a um algodão-doce.

Enquanto o Doutor Estranho se maravilhava com tudo isso, um carro quase o atropelou. America o puxou de volta por seu Manto.

Ele suspirou, surpreso.

— A gente anda no vermelho?

— Regra número um de viagem multiversal: você não sabe de nada — America disse a ele. Ela era a especialista, afinal de contas.

— Certo. — O Doutor Estranho assentiu e esperou o sinal mudar de cor. — Então, qual a segunda?

Ela não respondeu.

— America?

Ela tinha desaparecido. Ele sondou todas as pessoas indo e vindo pela rua movimentada, mas não conseguiu encontrá-la.

— America? — ele gritou desesperado.

Uma mão tocou seu ombro por trás. America tinha voltado.

— Regra número dois: encontre comida — ela disse, segurando uma tigela vermelha. — De preferência, pizza. Bolinhas de pizza.

— Como você pagou isso?

— É de graça — ela disse, comendo e andando. — Na verdade, comida é de graça na maioria dos universos. É estranho que vocês tenham que pagar por ela.

Mas de repente, enquanto passavam por um carrinho de comida, um cara branco de cabelos grisalhos vestindo um avental listrado gritou:

— Ei! Você não pagou por isso.

— Droga. Pelo jeito não é de graça aqui — America disse, franzindo as sobrancelhas.

— Pizza Poppa sempre recebe pagamento — o homem disse, apontando para si mesmo.

O Doutor Estranho começou a falar calmamente.

— Tá legal, Pizza Poppa, relaxa. Ela é só uma criança e estava com fome...

— Relaxa você, Doutor Estranho — o Pizza Poppa interrompeu, rindo da roupa do Doutor Estranho e segurando no Manto. Ele esfregou o tecido carmesim pesado. — E onde você conseguiu essa capa? Oh, parece autêntica.

— Não é uma capa, é um manto, e eu sugiro que você tire suas mãos dele — o Doutor Estranho disse, incomodado.

— Você pegou o traje todo do Museu do Estranho, não foi não? — O Pizza Poppa apertou os olhos suspeitando do Doutor Estranho.

— Museu do Estranho?

"Será que eles tinham um museu inteiro dedicado a ele neste universo?", o Doutor Estranho se perguntou.

— Vocês são uns aproveitadores — o Pizza Poppa disse, pensando que tinha capturado os dois ladrões de comida. — Por que não levam um pouco de mostarda, hein?

Ele mirou o rosto do Doutor Estranho com o frasco de mostarda, mas, em vez disso, o mago moveu os dedos e o frasco de mostarda virou e esguichou no Pizza Poppa. O Doutor Estranho fechou o punho, e o Pizza Poppa começou a dar socos em si mesmo. Do lado dele, America começou a rir surpresa.

Satisfeito, o Doutor Estranho foi embora.

— Vamos — ele disse a America. — Não é permanente.

America se apressou para alcançá-lo. Pizza Poppa ainda estava gritando e se socando em frente ao carrinho de comida.

— Do tipo que para daqui a uns minutos? — ela perguntou.

— Tá mais pra três semanas.

America começou a gargalhar mais uma vez, impressionada, e eles continuaram andando na direção do Sanctum de Nova York, na esperança de encontrar o Doutor Estranho desse mundo. Apesar das pessoas ao redor estarem usando gorros e casacos pesados de inverno, Manhattan parecia estar em plena primavera. Arco-íris de flores chamavam a atenção em cada esquina, e estavam até mesmo penduradas nos trilhos do metrô. Uma lagoa azul, forrada com ainda mais flores, fluía suavemente na calçada ao lado deles. A arquitetura paisagística aqui era notável. A flora fresca servia de papel de parede para cada centímetro possível da cidade. O ar tinha um cheiro agradável de pot-pourri ao invés de esgoto.

— Nesses universos por onde passamos, éramos pinturas em um deles? — o Doutor Estranho perguntou, tendo lembrado do universo ao ver as flores de cores vibrantes.

— Sim, e você não quer ficar preso lá. É bem difícil comer — America disse.

— Em quantos universos você já esteve?

America pensou por um segundo.

— Setenta e dois. Setenta e três contando com este.

A quantidade de coisas pelas quais America tinha passado atingiu o Doutor Estranho de repente.

— É bastante coisa — ele disse, gentilmente.

Distraído, ele acidentalmente pisou em um Banco de Memórias construído na calçada e deu início a uma Leitura da Memória.

— Rua da Memória — uma voz automatizada disse. — Reveja suas memórias especiais. Agora com desconto. Nós lembramos pra você não esquecer. — O disco de metal sobre o qual o Doutor Estranho estava se iluminou branco e escaneou o corpo dele. De repente, ele viu ser projetada em uma tela diante deles uma versão mais jovem dele mesmo, em um blazer preto, jantando com Christine.

Música clássica tocava no restaurante em uma cobertura.
— Isso aqui é bem chique — Christine disse. — Você teve que pegar outro empréstimo estudantil?
— Nada, eu só vendi um dos rins que operamos na semana passada.
Christine riu.
— Olha, eu trouxe uma coisinha pra você — ela disse, revelando uma caixinha estreita e longa, embrulhada com uma fita dourada. — Meus parabéns.

Na calçada, America sentia-se triste pelo Doutor Estranho enquanto assistia à reação dele à lembrança. Parecia desolado.

— O que é?
— Abra e veja.
Ele ficou surpreso ao descobrir um relógio caro lá dentro.
— Christine, isso é... ele é incrível. Obrigado.
Ela sorriu para ele, um sorriso radiante e cheio de amor.

Engolindo o choro, o Doutor Estranho se afastou.
— Não temos tempo pra isso.
America se virou para segui-lo e acidentalmente pisou no Banco de Memórias. A mensagem automática tocou novamente, America foi escaneada e uma de suas lembranças foi projetada na tela da calçada.

Pássaros chilreavam. Uma America pequenininha brincava em um campo florido ao lado de uma montanha. Seus cabelos castanho-escuros e ondulados desciam até a cintura.

— Que lugar é esse? — o Doutor Estranho perguntou.
— Minha casa. — America sorria saudosa para o holograma. — Minhas mães.

Duas mulheres que lembravam a fisionomia de America, vestindo macacões azul-real com capas de toque sedoso, sorriram amorosamente para ela. Elas usavam pingentes de estrelas brancas combinando em seus ombros direitos. Uma estrela branca muito parecida com aquela estampada na parte de trás do casaco jeans que America usava agora todos os dias.

— *Son mis madres* — America disse, seus olhos se enchendo de lágrimas.

A jovem America colheu uma flor que lembrava um dente-de-leão roxo e orgulhosamente entregou a uma de suas mães.

— *¿Para mi? Ay, que linda.* — *A mãe dela abriu um grande sorriso, emocionada com o belo presente, e beijou a testa de America. Ela se virou para mostrar a flor à outra mãe de America.* — *A ver, te la pongo.* — *E colocou a flor no cabelo dela.*

Sorridente, a jovem America colheu outra flor cor de lavanda e estava prestes a dá-la para suas mães quando um inseto pousou zunindo em seu dedo. Ela gritou assustada e seus olhos ficaram brancos. Um portal multiversal em forma de estrela foi aberto de repente no campo pacífico ao lado da montanha, logo atrás das mães dela. Elas tentaram alcançá-la, gritando "America!", mas foram sugadas para longe. Gritando, America conseguiu se segurar em um galho por alguns segundos, mas acabou sendo sugada pelo portal também.

A lembrança terminou de passar. O Doutor Estranho olhou na direção de America com tristeza, abalado pela experiência trágica e quão nova ela era quando perdeu as mães.

Emotiva, America saiu a passos largos.

— Quer saber, você tava certo. Isso é só perda de tempo.

O Doutor Estranho a seguiu.

— Ei, garota, aquela foi a primeira vez que você abriu um portal, né?

— Não importa.

— Importa, sim. Você perdeu suas mães — ele disse com ternura.

— Eu não perdi. Eu matei elas — America corrigiu, virando-se com raiva para ele.

— Não, não matou. Nem pense nisso — ele respondeu rapidamente.

— Ok, eu abri um portal com poderes que eu não sei controlar e mandei elas pra um universo aleatório, provavelmente mortal, sem nenhum jeito de elas escaparem.

— Escuta, se suas mães forem pelo menos um pouquinho como a filha delas, elas sobreviveram — o Doutor Estranho disse com firmeza, sério. — Sei que vai reencontrá-las um dia.

America piscou, sentindo-se reconfortada.

— Nada mal — ela disse, avaliando o discurso paternal dele.

O Doutor Estranho sorriu.

— Valeu.

— Aquela mulher naquele negócio do Banco de Memórias, era a Christine, né? — America perguntou enquanto eles voltavam a caminhar na calçada movimentada em direção ao Sanctum de Nova York.

O Doutor Estranho suspirou.

— Sim, era a Christine. Como você sabe sobre ela?

— Do Outro Você.

— Eles estavam juntos?
— Não, eles nem se falavam mais. Ele estragou tudo.
— É claro. — O Doutor Estranho não estava surpreso.
— Você também estragou as coisas com sua Christine?
— Sim, acho que sim — ele respondeu desconfortável.
— Por quê?
Ele balançou a cabeça.
— É complicado.
— Mais complicado que estar sendo perseguida por uma feiticeira por todo o Multiverso? — America brincou.
— Sim, na verdade é — ele disse, meio brincando, meio falando sério.

•——•••——————•——————•••——•

Eles viraram a esquina da Rua Bleecker e se aproximaram de uma cerca de ferro fundido e uma estátua de aço maciço, com pelo menos três metros e meio de altura. O sol estava ofuscante, fazendo o monumento parecer ainda maior e mais imponente. Apertando os olhos, o Doutor Estranho se aproximou e ficou atordoado ao perceber que era uma estátua de si mesmo, usando o Manto da Levitação e as vestes de mago. Sob a escultura, havia uma placa m que lia-se:

Doutor Stephen Strange deu a vida para derrotar Thanos. Expressamos aqui nossa eterna gratidão ao herói mais poderoso da Terra.

— "Deu a vida para derrotar Thanos?" — America perguntou.

— É. Viu? Não somos todos ruins — o Doutor Estranho disse, olhando cautelosamente para o monumento. Até então, as duas outras versões de si mesmo que ele havia encontrado no Multiverso estavam mortas. Estava ficando assustador.

— Se o Outro Você está morto, quem é Mestre do Sanctum? — America se perguntou.

Como se estivesse esperando a deixa, a porta imponente do prédio se abriu. O Doutor Estranho deu a volta na estátua para ver a entrada do Sanctum e praguejou quando viu o homem que estava parado ali.

— Sabe quem é? — America perguntou.

— Sei, Mordo. Na verdade, foi ele que me deixou entrar no Kamar-Taj da primeira vez.

— Ah, ótimo — America disse, sorrindo esperançosa.

— E depois ele surtou e dedicou o resto da vida a tentar me matar — o Doutor Estranho continuou, categoricamente.

— Ah — America disse, desanimada e sarcástica. — Ótimo.

O Doutor Estranho ficou tenso se preparando para um confronto.

Olhando intensamente para o Doutor Estranho, o Barão Mordo caminhou na direção dele com as mãos entrelaçadas à sua frente. Suas vestes jade e esmeralda eram adornadas com ouro e bronze. Seus cabelos escuros estavam presos em tranças até o meio de suas costas e cravejados com contas douradas.

— Eu sempre suspeitei que esse dia chegaria — Mordo disse.

— Ah, é? — o Doutor Estranho perguntou, cauteloso, ainda sangrando de um corte na testa.

— Sim — Mordo respondeu, caminhando por entre árvores cheias de flores brancas e se aproximando cada vez mais. — Porque você sempre suspeitou que esse dia chegaria. — Ele olhou para o Doutor Estranho por um momento, e então disse: — Meu irmão. — Ele abriu um sorriso largo.

O Doutor Estranho deu uma risadinha confusa, mas de alívio, quando Mordo riu e o abraçou. Atordoado pelo jeito alegre e elegante de Mordo, o Doutor Estranho se perguntou sobre as mudanças nele mesmo.

— Tá bem — o Doutor Estranho disse e tentou devolver o abraço.

— Entre — o Barão Mordo disse, caloroso — e me conte tudo sobre o seu universo.

O Doutor Estranho olhou por cima do ombro para America.

— Vamos atravessar no vermelho... — ele disse, referindo-se ao quase acidente que teve atravessando a rua. Talvez tudo nesse universo fosse o oposto de como as coisas eram em casa. Ele deu de ombros e seguiu Mordo até o Sanctum.

America sentia que alguma coisa estava errada, mas, se o Doutor Estranho confiava em Mordo, ela se convenceu que a aposta mais segura era confiar nele também. Ajeitando os ombros, ela seguiu os magos.

CAPÍTULO 9

Mordo convidou o Doutor Estranho e America para tomar chá na biblioteca do Sanctum, iluminada apenas pela luz de velas, e pela luz esverdeada filtrada por uma claraboia no teto. Estantes de madeira escura lotadas de textos antigos cobriam as paredes.

— E parece que você é igualmente formidável — Mordo elogiou America enquanto o trio se acomodava nas poltronas de couro altas. — Uma viajante multiversal. Bem, dou graças às estrelas por você ter trazido o Doutor Estranho a um lugar seguro. — Ele sorriu calorosamente.

America retribuiu o sorriso, apreciando o elogio, mas o Doutor Estranho estava concentrado na tarefa em mãos.

— Não exatamente, só porque escapamos não quer dizer que estamos seguros. Nossa Wanda tem a habilidade de conjurar demônios e monstros para atacar a America em outros universos — o Doutor Estranho disse, em alarme.

— Então, ela tem o Darkhold? — Mordo perguntou, inclinando-se para frente.

— Ah, você conhece o Darkhold? — o Doutor Estranho imitou o movimento.

— Ah, sim. Temos um Darkhold neste universo também. Eu o guardo aqui neste Sanctum. Nunca arriscaríamos que uma arma tão perigosa caísse nas mãos erradas.

— Tem razão — o Doutor Estranho disse, e tomou outro gole de chá.

— Se o seu Darkhold for como o nosso, temo que ela possa fazer coisa muito pior do que simplesmente invocar monstros para vir atrás de você — disse Mordo.

— Como assim? — America perguntou antes de tomar um gole de chá. Ela segurava a xícara com as duas mãos.

— Existe um feitiço contido em suas páginas — Mordo olhou para o alto, na direção de um rangido que vinha do teto —, que corrói a alma — ele continuou, enquanto as velas tremeluziam e se apagavam, mergulhando-os em quase escuridão. — Uma profanação da própria realidade. Dominação onírica.

Um vento invisível balançou o cabelo de America. Mais velas se apagaram misteriosamente.

— Magos dominadores oníricos projetam a própria consciência do seu universo em outro, possuindo o corpo de sua versão alternativa. São capazes de manipular esses gêmeos malvados e perseguir seus inimigos à distância. A possessão não cria um vínculo permanente entre realidades, mas no tempo breve em que dominam os sonhos, podem causar danos irreparáveis ao universo que invadem.

Então, pode não ser um demônio que os aguarda. Pode ser a própria Feiticeira Escarlate — Mordo explicou.

— Mas... então por que ela não fez isso desde o começo? — America se perguntou.

— Porque ela estava sendo razoável — o Doutor Estranho disse, lembrando-se das palavras da Feiticeira Escarlate no Kamar-Taj. Voltando-se para Mordo, ele perguntou: — O que você sabe sobre o Livro dos Vishanti?

— A antítese do Darkhold. Pode dar a um mago o poder necessário para derrotar seu inimigo — Mordo respondeu.

— Eu preciso de sua ajuda para chegar até... — O Doutor Estranho ficou de pé enquanto falava, mas perdeu o raciocínio quando a sala começou a tremer. E de repente ele se sentiu tonto.

— Me desculpe, Stephen. Mas eu espero que você, mais do que ninguém, entenda... — Mordo começou.

O Doutor Estranho esforçava-se para mantê-lo em foco, tinha dificuldade de manter a consciência.

— ... que não é Wanda Maximoff que ameaça nossa realidade. São vocês dois — Mordo continuou.

— O que tinha nesse chá? — America ofegava, então desmaiou.

O Doutor Estranho o xingava enquanto ele próprio desabava. Sua xícara caiu e se quebrou.

— As Areias de Nisanti — ele sussurrou, percebendo uma relíquia verde brilhante escondida sob o carrinho de chá.

— Eu apenas estou fazendo o que você faria — Mordo disse, passando pelo corpo do Doutor Estranho no chão.

— Ela está vindo — o Doutor Estranho avisou antes de perder a consciência.

CAPÍTULO 10

DE VOLTA AO KAMAR-TAJ, a Feiticeira Escarlate estava dentro de um círculo de velas, com o Darkhold flutuando à sua frente, e se preparava para lançar o feitiço de Dominação onírica. Ela se sentou de pernas cruzadas, sua capa carmesim esvoaçando atrás dela, e fechou seus olhos vermelhos brilhantes. Focada, ela levitou do chão e alcançou com sua mente o universo para o qual America havia escapado.

•—•••—————•—————•••—•

Em algum lugar lá fora, a versão daquele universo de Wanda estava aproveitando uma noite agradável e tranquila em casa com seus filhos.

— Meninos, está na hora de dormir — Wanda avisou.

— A gente pode comer mais sorvete? — Billy perguntou.

— Por favor — Tommy disse.

— Por favor, por favor, por favor! — Billy repetiu.

— Ei, não me transformem na vilã aqui — Wanda os repreendeu de leve, recolhendo as tigelas deles e indo até a cozinha.

— Ei, sabe quem são os melhores? — Billy disse, virando-se para o irmão.

— Quem?

— Os Tigers de 2003.

— Eles são péssimos. Tão ruins que jogam só pra cumprir tabela.

— Não são, não. São os melhores — Billy insistiu.

De repente, Wanda sentiu que algo estava errado, mas não sabia dizer o quê. Ainda segurando as tigelas de sorvete vazias, ela olhou preocupada para as escadas. Do nada, uma lâmpada suspensa crepitava e piscava. Um rosnado sinistro ecoou pela cozinha. Rajadas de vento levantaram mechas do seu cabelo. Uma foto emoldurada de seu sorriso virou sua cabeça para franzir o cenho para ela.

Aquilo foi excepcionalmente esquisito. Wanda arfou.

Mas, antes que ela tivesse tempo de processar tudo aquilo, o vento arrancou as tigelas de suas mãos. Ela cambaleou até a pia e percebeu que os pratos sujos no balcão também agiam de forma estranha. As ervilhas rolavam sozinhas em um prato. Ondas oceânicas quebravam dentro de uma caneca de café ao grito das gaivotas. Wanda olhou para frente e viu a Feiticeira Escarlate parada nos arbustos do lado de fora, olhando fixamente para ela, a feiticeira idêntica a ela, exceto pelo cabelo ruivo acobreado. Então, uma dor aguda tomou conta dela e ela fechou os olhos.

A Feiticeira Escarlate invadiu o corpo de Wanda, e, quando finalmente abriu os olhos novamente, eles brilhavam vermelho. A Feiticeira Escarlate sorriu, satisfeita pelo feitiço ter funcionado, e se virou para sair.

— Mãe?

A palavra fez a Feiticeira Escarlate parar imediatamente. Ser chamada de "Mãe" era o que ela mais queria de tudo nos mundos.

— Oi, querido? — ela hesitou.

— Tá indo aonde? — Billy perguntou.

— Só... vou jogar o lixo lá fora — ela respondeu, emocionada.

— A gente pode te mostrar uma coisa?

— Vem, mãe, depressa! — Tommy chamou.

— Vem, é importante — Billy disse.

— Mãe!

— Você vai gostar — Billy prometeu.

Possuída pela Feiticeira Escarlate, Wanda caminhou até seus filhos como se estivesse em transe. Eles a olharam com carinho do velho e confortável sofá marrom e discutiram sobre quem contaria a ela primeiro.

— Eu vou começar.

— Não, eu que vou.

— Eu quero começar!

— Não, mas eu quero começar!

— Por que vocês dois não começam... seja lá o que for... juntos? — Wanda sugeriu em meio a lágrimas. Atrás deles, lenha queimava na lareira e um desenho animado passava na televisão. Apenas uma noite comum em casa, mas para a Feiticeira Escarlate, estar ali com seus filhos era extraordinário.

— Ok.

Billy e Tommy fizeram uma contagem regressiva partindo do três e começaram a cantar:

— Criança adora sorvete, a gente quer tomar. Se nos der sorvete, vamos nos comportar! — Eles sorriram esperançosos para ela.

Wanda sorriu de volta, acariciando as bochechas deles com carinho.

No Kamar-Taj, a Feiticeira Escarlate levitava dentro do círculo de velas, concentrada na Dominação onírica, escutando seus filhos cantarem uma música sobre sorvete enquanto possuía o corpo da sua versão alternativa em outro universo. Amarrado por cordas de Magia do Caos, Wong levitava diante dela, um prisioneiro.

Silenciosamente, alguém chegou por trás dele. Era Sara. Ela estava bastante ferida, seu rosto queimado e ensanguentado.

— Você está viva — Wong sussurrou, cheio de alívio por vê-la ali.

— Estou. — Ela sorriu brevemente. — Mas muitos outros não sobreviveram.

— Me liberte — ele respondeu enquanto os dois encaravam a Feiticeira Escarlate. — Eu preciso destruir o livro.

— Não. Não pode ser você — Sara disse com firmeza, tocando a bochecha dele. Ela o encarou por um momento, depois pegou a adaga escondida em sua túnica e mergulhou sobre o Darkhold, derrubando-o no chão.

— Não! Não! — Wong gritou para Sara.

A Feiticeira Escarlate abriu os olhos preguiçosamente de dentro do círculo de velas. Sem hesitar, Sara perfurou o Darkhold e foi consumida por fogo imediatamente. Ela estendeu a mão na direção de Wong, mas virou cinzas junto ao livro, sacrificando sua vida na esperança de derrotar a Feiticeira Escarlate.

A Feiticeira Escarlate caiu no chão.

No outro universo, a Wanda cujo corpo tinha sido invadido pela Feiticeira Escarlate também caiu.

— Mãe! — Billy gritou.

Ambas as Wandas ficaram de joelhos.

— Billy. Tommy — a Feiticeira Escarlate disse carinhosamente, levando as mãos até os rostos deles. Ela ainda podia vê-los diante de si. Seus filhos. Então, de repente, o feitiço foi quebrado e ela estava completa e dolorosamente de volta ao seu corpo no Kamar-Taj, ofegando em desespero.

— Não, não, não.

Ela se lançou sobre o Darkhold, chorando, e ergueu suas páginas negras e destruídas, desfazendo-se em cinzas em suas mãos, depois se virou para Wong com lágrimas reluzindo em seus olhos. Ela o soltou das cordas e o arremessou nos escombros ainda fumegantes do telhado do Kamar-Taj.

— Preciso dos feitiços do Darkhold — ela ordenou, avançando sobre ele. — Você é o Mago Supremo, me diga o que sabe.

Wong ficou de joelhos, cuspindo poeira e cinzas, antes de fixar seus olhos nos dela.

— Você vai ter que me matar, feiticeira.

— Você não — ela disse, balançando a cabeça impacientemente para Wong.

Ela era a Feiticeira Escarlate. Mais poderosa do que todos os outros magos juntos. Toda essa resistência de homens como o Doutor Estranho e Wong foi inútil e levou apenas a mais perdas de vidas desnecessárias. Ela tentou várias e várias vezes ser razoável. Tinha-os avisado. E, várias e várias vezes, eles se recusaram a ouvir. Quando podiam ter-lhe dado o que queria desde o início e salvado inúmeras vidas. Era enlouquecedor.

A Feiticeira Escarlate estava frustrada, sua razão corrompida pelo Darkhold. O que ela não conseguia – ou simplesmente não queria – ver é que nenhuma pessoa decente entregaria uma criança inocente como America.

— Eles — ela disse a Wong sem misericórdia. Se Wong a estava obrigando a derramar mais sangue, que fosse, ela decidiu. Com um movimento da mão, a Feiticeira Escarlate levantou quatro feridos sobreviventes de seu ataque ao Kamar-Taj dos escombros atrás de Wong. Começou a torturá-los usando telecinese. Uma luz vermelha brilhava ao redor dos corpos contorcidos dos magos enquanto se contraíam e gritavam no meio do ar.

— Wanda, pare — Wong implorou. — Wanda, por favor.

Ela o ignorou e torceu os dedos como se tecesse uma teia de aranha. Wong assistiu seus companheiros se contorcendo de dor.

— O Darkhold era uma cópia! — Wong gritou finalmente, rendendo-se.

A Feiticeira Escarlate arfou e parou a mão.

Os magos pararam de gritar.

— Uma cópia? — ela perguntou baixinho.

— A lenda fala de uma montanha com os feitiços condenados que você procura talhados nas paredes. Foi lá que o Darkhold foi transcrito — Wong continuou enquanto ela abaixava a mão e descia os magos até o chão. — No Monte Wundagore.

— Wundagore? — A Feiticeira Escarlate olhou atentamente para Wong. O nome lhe soou familiar, uma sensação de déjà vu, ela não sabia por quê. Um frio sobrenatural e agourento consumiu o telhado.

— Ninguém jamais sobreviveu à jornada — Wong alertou.

Preparando-se, ela fez um gesto para que um Anel de Acesso de um mago morto voasse para a mão de Wong.

— Quem sabe seremos a exceção — ela disse.

CAPÍTULO 11

O Doutor Estranho abriu os olhos e levantou a cabeça ainda grogue. Percebeu que estava no chão de um cubo de vidro altamente tecnológico. Luzes fluorescentes fortes irradiavam do teto do cubo. Ao seu lado, America bateu na parede transparente de sua prisão idêntica. Além delas, havia uma sala de controle sofisticada, cheia de equipamentos de biomonitoramento.

— Ei! Ei! — America gritava.

Grunhindo, o Doutor Estranho ficou de pé.

— Este universo é uma porcaria! — America ergueu as mãos exasperada.

— Manto? — O Doutor Estranho procurou ao redor, mas o Manto não estava em lugar nenhum, e ele não conseguia tirar as pulseiras de supressão de poder de suas mãos.

— Ei. — Ele deu batidinhas no vidro, notando um par de cientistas conversando mais para o lado. — Ei, do jaleco! Onde é que a gente tá?

O primeiro cientista, um homem jovem parado na frente de duas telas de computadores, olhou desinteressado para o Doutor Estranho e voltou a papear discretamente com sua colega.

O Doutor Estranho andou de um lado para o outro em sua cela.

— Olha, eu não sei quem vocês são ou o que acham que estão tentando fazer aqui, mas esse tipo de situação nunca acaba bem pros cientistas anônimos, então só...

O primeiro cientista se afastou, e a segunda cientista de jaleco se virou.

— Christine? — o Doutor Estranho arfou, chocado. Neste universo, o cabelo dela era de um ruivo vivo. Mas, tirando isso, ela era idêntica à Christine dele.

— Olá, Stephen — disse a Christine desse universo, fechando os braços ao redor de si.

— *Ay, Dios* — America sussurrou.

— Senhorita Chavez. — Essa Christine assentiu para ela, depois se voltou rapidamente para o Doutor Estranho.

Ele engoliu em seco.

— Ah, respondendo sua pergunta, vocês estão em uma instalação de pesquisa de alta segurança — ela disse. — Vocês dois, e o seu manto senciente, estão aqui para monitoramento e testagem.

— Hum... testagem? — o Doutor Estranho olhou para ela, confuso.

— Bom, sim. Vocês são visitantes de outro universo. Suas assinaturas magnéticas podem ser radioativas. Vocês podem estar carregando doenças para as quais não temos tratamento. Daí esses incríveis aquários de policarbonato. — Ela gesticulou uma mão em apreciação para suas prisões de vidro, depois falou com alguém segurando uma prancheta sem nem parecer incomodada.

— Imagino que devo agradecer a você por essas daqui? — o Doutor Estranho perguntou, estendendo os pulsos e mostrando as pulseiras.

— Sim, eu as desenvolvi usando as Areias de Nisanti. Uma das relíquias mágicas do Stephen 838 — ela respondeu.

— Stephen 838? — o Doutor Estranho perguntou, intrigado. — É tipo um eu ciborgue ou...?

— O nosso universo é o 838 — Christine explicou com autoridade. — E o seu foi designado como 616.

— Ah. Devem ter alguém que sabe muito sobre o Multiverso se está por aí dando nomes às realidades — o Doutor Estranho disse.

— Sim — Christine confirmou. — Eu. Sou um membro sênior da Fundação Baxter e minha especialidade é pesquisa multiversal. — Ela começou a se afastar, seus saltos clicando sobre o piso de azulejo.

O Doutor Estranho a acompanhou por dentro do cubo.

— E como você veio trabalhar aqui? Onde quer que aqui seja.

— Bem, eu me voluntariei. No seu funeral — Christine disse, indo até o teclado de um computador.

O funeral dele. O pensamento era edificante.

— Obrigado por ter ido — o Doutor Estranho respondeu, sério.

— Os seus ferimentos, eles são familiares, mas não idênticos. É fascinante — Christine disse, exibindo lado a lado, para comparação, os raios-X dos ferimentos antigos dos dois Doutores Estranhos.

O Doutor Estranho fez uma careta.

— O que a gente era um pro outro neste universo? — ele perguntou, olhando para Christine.

Christine fez silêncio por um momento antes de responder.

— A gente nunca conseguiu descobrir.

— É — o Doutor Estranho disse, tristonho, fechando os olhos por um segundo. — Bem, é algo que temos em comum.

Christine riu baixinho.

— Christine, você tem que deixar a gente sair daqui. Todos estão em perigo. Olha, eu sei que você não me conhece...

— E nem quero conhecer — ela o cortou. — O que quer que eu tenha sido pra você no seu universo, não importa. — Ela balançou a mão no ar.

— Por que não? — o Doutor Estranho perguntou em um tom de flerte sutil.

Christine suspirou. Sua postura era áspera e profissional. Ela prendeu uma mecha de cabelo atrás das orelhas e se aproximou da parede transparente para olhar fixamente para o Doutor Estranho em sua prisão de vidro elevada.

— Porque você é perigoso, Stephen.

O Doutor Estranho balançou a cabeça e se acocorou para poder olhá-la nos olhos.

— Uma pessoa do meu universo quer aquela garota e vai destruir este lugar inteiro, átomo por átomo, até conseguir o que quer — ele disse. — Então eu não ligo se você é dos Vingadores, ou da S.H.I.E.L.D. ou...

— Nenhum deles — Mordo interrompeu, entrando na sala de biomonitoramento acompanhado por quatro Sentinelas Ultron. As sentinelas eram mais altas que Mordo e tinham olhos amarelos brilhantes e armadura prateada.

O Doutor Estranho se levantou.

— O que, então? Hydra?

— Os Illuminati vão recebê-lo agora — Mordo respondeu.

— Os Illumi o quê? — o Doutor Estranho perguntou, incrédulo. As pulseiras em seus pulsos se fundiram em algemas e um dos painéis de vidro se abriu para deixá-lo sair.

America e o Doutor Estranho se entreolharam preocupados.

— Não deixe ninguém machucar aquela garota — ele disse a Christine. Ela não respondeu, apenas o assistiu ir embora sem mostrar expressão alguma.

— Vai ficar tudo bem — ele sussurrou para America e seguiu Mordo para se reunir com os Illuminati.

No Universo 616, a Feiticeira Escarlate e Wong atravessaram um portal vindo das ruínas em chamas do Kamar-Taj para o meio de uma tempestade no alto de uma montanha coberta de neve branca. Boa parte do carmesim da tiara e da calça da Feiticeira Escarlate havia se desgastado, ainda mais corroídas pelo mal crescente nela. Wong sangrava por cortes em todo o seu rosto.

Diante deles, do outro lado de um vasto abismo, erguia-se a silhueta escura do Monte Wundagore. Ela se sobressaía sinistramente através das névoas nevadas, mais alta que as outras montanhas. O teto com chifres da estrutura construída no alto do Wundagore fazia ele parecer coisa do demônio.

— Não dava pra ter aberto o portal lá? — a Feiticeira Escarlate perguntou, ofegante ao vento. Apesar de toda a devastação que ela mesma provocou, ainda podia sentir os horrores deste lugar proibido, e isso lhe causou um pequeno momento de hesitação.

— Minha magia tem limites. Mestres das Artes Místicas não deveriam adentrar o solo proibido do Wundagore — Wong retrucou em um tom repreensivo.

Já deu.

Irritada, a Feiticeira Escarlate se lançou resoluta pelos ares. Ela não tinha ido tão longe só pra voltar atrás agora. Pensando em seus filhos, voou em meio à neve e à atmosfera assustadora do Monte Wundagore arrastando com ela um Wong relutante com seu poder telecinético.

Eles aterrissaram em um templo de pedras escuras cheio de pilares quebrados, estátuas de esqueletos encapuzados, e paredes intermináveis cobertas por runas antigas: os feitiços do Darkhold. Usando a luz vermelha do seu poder em suas mãos para ver melhor, a Feiticeira Escarlate explorou as inscrições.

— Éons atrás, o primeiro demônio, Chthon, esculpiu sua magia sombria nesta tumba. Estes mesmos feitiços foram mais tarde transcritos no Darkhold — Wong lhe disse.

Algo quebrou atrás deles. A Feiticeira Escarlate girou onde estava, pronta para explodir o que quer que fosse com a Magia do Caos. Mas ninguém estava lá. Era apenas o vento, derrubando pedras ao seu redor.

Ela suspirou e voltou a explorar o templo.

— Não há como saber que tipo de monstruosidades desalmadas este lugar guarda — Wong alertou.

A Feiticeira Escarlate acendeu magicamente todos os braseiros da caverna para que pudessem ver melhor. De repente, as bestas anciãs esculpidas nas paredes ganharam vida e rosnaram. Tinham pelo menos seis metros de altura, com antebraços e coxas imensos, cabeças relativamente pequenas, e olhinhos vermelhos e esféricos. Elas rugiram e cercaram Wong e a Feiticeira Escarlate. Wong conjurou magicamente espadas em ambas as mãos. A Feiticeira Escarlate voou para uma tribuna no centro da sala e ficou de pé, pronta para atacar, concentrando Magia do Caos na palma de suas mãos.

E então, quando a Feiticeira Escarlate e Wong pensaram que iriam atacar, as criaturas, em vez disso, puseram suas mãos longas e com garras sobre seu peito e se prostraram de joelhos no chão. Pareciam estar jurando lealdade à Feiticeira Escarlate.

A tensão se dissipou do corpo dela.

— Eles estavam me esperando. — Ela se deu conta enquanto olhava as bestas anciãs. Atrás dela, notou uma estátua de si mesma esculpida na parede. A Feiticeira Escarlate, de pé altiva, com seu cabelo soprando em todas as direções, toda poderosa. — Isso não é uma tumba — ela disse, elevando seus braços para espelhar a estátua. — É um trono.

Fascinada, ela foi examinar a parede com sua estátua e descobriu enormes estátuas de seus filhos ao lado daquela da Feiticeira Escarlate. Sua cabeça mal chegava na altura da mão da estátua de um dos meninos, relaxada ao lado do seu corpo. Ela levantou seus dedos de verdade até os de pedra dele e os acariciou.

Wong a assistiu em silêncio.

— Você está se perguntando o que acontece agora — ela disse, sem se virar.

— Não. Isso eu já aceitei — ele respondeu.

A Feiticeira Escarlate virou-se para ele, surpresa.

— Mas me pergunto... — ele continuou, estava realmente tentando entendê-la. — Se pode obrigar a America a te mandar pra qualquer universo que deseja, por que tomar o poder dela pra si? Sabe que isso a mataria.

Ela olhou Wong nos olhos, tinha um olhar ao mesmo tempo selvagem e de confiança serena.

— Por Billy e Tommy. Para proteger eles. E se ficarem doentes? No Multiverso infinito, existe a cura para todas as doenças. A solução para todos os problemas. Eu não vou perder eles de novo — ela completou, veemente.

— Tente o quanto quiser, Wanda, mas não pode controlar tudo — Wong disse, tentando convencê-la. Seu rosto ainda estava coberto de sangue seco da destruição causada ao Kamar-Taj pela Feiticeira Escarlate.

— Posso, sim! — Ela caminhou empolgada na direção dele.

Por um momento, ela quis que o Mago Supremo entendesse, que apreciasse a genialidade do seu plano, e até mesmo percebesse o quanto estava se contendo.

— Olhe à sua volta — ela disse com a voz carregada de emoção. Olhou para a estátua da Feiticeira Escarlate, deslumbrando-se com seu destino, seu poder bruto. — Já estava escrito. Meu destino era governar tudo.

Ela fez uma pausa, girando para encarar Wong, tentando fazê-lo ver o que ela via. A dimensão do seu destino, do que ela estava disposta a deixar para trás, fez com que se sentisse quase nobre. Estava disposta a desistir de governar o universo para ser uma mãe num bairro residencial suburbano.

— Mas eu não quero isso. Só quero meus filhos — ela disse.

Wong não tinha nenhuma objeção quanto a ela se tornar a mãe que queria ser. Mas cometer assassinatos para alcançar seu sonho era errado. Simples assim.

— À custa da vida de uma criança! — ele gritou, implorando à Feiticeira Escarlate que ouvisse a razão e tremendo com a intensidade de suas próprias emoções. Pensou no sacrifício de Sara, confortando-se no fato de que, em outro universo, eles talvez ficassem juntos. Atrás de Wong, uma besta anciã fechou seu punho.

— Será que você não consegue ver que, mesmo que aqui não tenha ficado com as pessoas que ama, existem outros mundos em que estão juntos? Isso não basta? — Wong suplicou à Feiticeira Escarlate. Ela olhou para ele com desprezo.

— Não — ela respondeu e atirou Wong para fora do templo com uma rajada de luz vermelha.

Ao cair da montanha, Wong atirou um dardo e corda dourado na entrada do templo, mas ele não se fixou, e o mago caiu gritando nas profundezas geladas abaixo.

Sem pensar duas vezes, a Feiticeira Escarlate começou a levitar sentada. Os feitiços do Darkhold estavam inscritos nas paredes ao seu redor, e ela os usou para realizar a Dominação onírica.

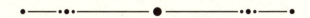

No Universo 838, Wanda tinha dormido com os braços em volta de Billy e Tommy no sofá. Um vento estranho abriu as janelas da sala, carregando folhas caídas e a Feiticeira Escarlate para dentro. Wanda abriu seus olhos, e eles brilhavam vermelhos. Manipulando o corpo da sua versão alternativa, a Feiticeira Escarlate foi até a porta de casa. Suas mãos brilhavam com uma luz vermelha e ela voou direto para o céu vestida com uma calça jeans e uma camisa de algodão de manga longa, passando por uma lua cheia enorme.

CAPÍTULO 12

As Sentinelas Ultron conduziram o Doutor Estranho em marcha através da elegante sede em aço e vidro dos Illuminati. Ele olhou ao seu redor enquanto caminhavam. O edifício tinha uma atmosfera luxuosa e minimalista. Logo eles chegaram a enormes portas duplas e as Sentinelas empurraram o Doutor Estranho por elas para um corredor escuro. Ele emergiu no centro de uma sala vazia e circular: a Câmara de Julgamento dos Illuminati. Em um palco que se elevava acima dele, os Illuminati estavam sentados em cadeiras de couro de costas altas em frente a longas vidraças de vidro translúcido.

— Stephen Strange — Mordo começou, estava de pé perto dos outros membros dos Illuminati —, você está agora diante dos Illuminati. Eu, Barão Karl Mordo, o Mago Supremo, declaro...

— Karl? — o Doutor Estranho interrompeu, surpreso por descobrir que o primeiro nome de Mordo era tão comum.

Um escudo vermelho, branco e azul passou voando ameaçadoramente, batendo com força no chão perto dos pés do Doutor Estranho, ricocheteando da parede e navegando de volta para uma mulher com cabelos ondulados e castanhos-escuros que olhava ferozmente para o Doutor Estranho.

— Capitã Carter. A Primeira Vingadora — Mordo anunciou, apresentando Peggy Carter, que tinha arremessado o escudo.

— Blackagar Boltagon — Mordo continuou, introduzindo o próximo membro dos Illuminati, que estava sentado ao lado da Capitã Carter —, Guardião das Névoas Terrígenas, o rei Inumano.

— Blackagar Boltagon? Belo nome — o Doutor Estranho cumprimentou, sorrindo atrevido com o nome horroroso e o super-herói sério e musculoso vestido dos pés à cabeça com um tecido azul-marinho no que parecia uma mistura de armadura e collant.

Uma antena embutida no capacete do Raio Negro brilhava enquanto ele olhava de relance para o Doutor Estranho, franzindo a testa. Ele não parecia impressionado.

Mordo apontou para a Illuminati sentada à sua direita.
— Capitã Marvel, Defensora do Cosmo.

Maria Rambeau, a Capitã Marvel deste universo, abriu as mãos, e sua máscara metálica prateada desapareceu. Ela acenou com a cabeça indiferentemente ao Doutor Estranho.

Ao lado dela, um homem se materializou de repente por um retângulo de luz.

— E o homem mais inteligente que existe, Reed Richards do Quarteto Fantástico — Mordo continuou.

— Olá, Stephen — Reed Richards disse, torcendo a sobrancelha e desativando o retângulo de teletransporte flutuando sobre sua cabeça.

— Quarteto Fantástico? Vocês não tocavam nos anos 19? — o Doutor Estranho riu.

— Desculpa, isso é uma piada pra você? — Maria Rambeau perguntou, áspera.

— Bom, tem um cara ali com um garfo na cabeça, então, é. Um pouquinho.

Reed Richards sorriu, admirando o senso de humor do Doutor Estranho. Mas Raio Negro deu um leve soco no interior de sua luva forrada de couro azul-marinho e colocou um dedo sobre os lábios, mandando que se calasse.

— Agradeça por Raio Negro não falar com você — Peggy Carter o advertiu.

— Por quê? — o Doutor Estranho respondeu, afrontoso. — Ele tem bafo?

— Esse Strange é mais arrogante que o nosso — Peggy comentou, fazendo contato visual com Maria. Elas sorriam juntas.

— Não. Só mais vivo — o Doutor Estranho retrucou novamente, irritado.

— Por enquanto — Maria o alertou, ainda sorrindo levemente.

Um calafrio percorreu a espinha do Doutor Estranho.

— Stephen, sua chegada confunde e desestabiliza a realidade — Reed entrou na conversa para explicar. Ele se inclinou para frente atencioso, com sua sobrancelha ainda franzida em preocupação. — Quanto maior a pegada que você deixa, maior o risco de uma Incursão.

— Incursão? — o Doutor Estranho perguntou.

— Uma Incursão ocorre quando a fronteira entre dois universos se desgasta, e eles colidem, destruindo um, ou ambos, completamente — Reed explicou, falando devagar para deixar cada palavra ser absorvida.

— Sua versão alternativa criou os Illuminati para tomar decisões difíceis que mais ninguém podia tomar — Peggy acrescentou. — Hoje estamos aqui para determinar o que fazer com você e com a criança.

— Então, antes da votação, se você tiver algo sério a dizer, este é o momento — Maria disse, lançando um olhar solene para ele.

— Eu tenho, sim. — O Doutor Estranho deu um passo à frente, suas algemas brilhavam uma luz verde diante dele. — Se é com Incursões que vocês estão preocupados, acham mesmo que eu sou uma ameaça maior que a Feiticeira Escarlate?

— Ah, a gente consegue lidar com a bruxinha se ela decidir usar a Dominação onírica — Maria disse, confiante.

— Não. Não, vocês não conseguem. A não ser que me deem o Livro dos Vishanti — o Doutor Estranho insistiu.

— Agradecemos a sua preocupação, Stephen, mas não tememos a Feiticeira Escarlate. Na nossa experiência, a maior ameaça ao Multiverso, no fim das contas, é o Doutor Estranho — Reed disse.

O Doutor Estranho piscou para ele, confuso.

— Espera um pouco. O *seu* Doutor Estranho? O herói mais poderoso da Terra, que deu a vida para derrotar Thanos? — ele perguntou, citando a plaqueta da estátua do lado de fora do Sanctum de Mordo.

— Nós devíamos contar a verdade a ele — uma voz misteriosa opinou. Parecia um senhor idoso.

— Nosso último membro, Professor Charles Xavier — Mordo anunciou, enquanto o Professor X tomou seu lugar no palco em uma cadeira de rodas motorizada amarelo-canário.

— Que verdade? — o Doutor Estranho perguntou a ele.

— Não foi assim que nosso Strange morreu — o Professor X disse. — Nosso Strange não morreu derrotando Thanos. Estávamos em guerra. Enquanto o resto de nós se uniu pra tentar parar Thanos, Stephen, como sempre, decidiu fazer tudo sozinho. — A voz dele soava lamuriosa.

— Ele recorreu ao Darkhold e à Dominação onírica — Mordo disse, dando continuidade à narrativa. — Na esperança de que nossa salvação pudesse estar no Multiverso.

— E adivinha? Não tava. Mas ele continuou mesmo assim — Maria prosseguiu.

— Uma noite, você nos chamou — Reed acrescentou, calmamente. — Confessou que estava usando a Dominação onírica e que, nas suas palavras, "as coisas tinham saído do controle". Você nunca nos deu todos os detalhes do que tinha acontecido, apenas que tinha provocado, sem querer, uma

Incursão. Você, nosso amigo, tinha causado a aniquilação de outro universo.

Todos os membros dos Illuminati encaravam o Doutor Estranho enquanto Reed falava.

— Todo mundo daquela realidade morreu. *Todo mundo* — Maria disse tristemente.

Atordoado, o Doutor Estranho olhou para o chão.

— Stephen abriu mão do mal do Darkhold e nos ajudou a encontrar o Livro dos Vishanti, arma que, essa sim, usamos juntos para derrotar Thanos — o Professor X disse, retomando a história. — Mas uma última ameaça restava.

O Professor X colocou as mãos em suas têmporas e ativou uma conexão telepática com o Doutor Estranho para que ele pudesse assistir a uma lembrança.

O Doutor Estranho estava ajoelhado diante dos Illuminati em um campo de destroços após a Batalha em Titã. O cadáver de Thanos estava abandonado mais ao lado. Os Illuminati olhavam para o Doutor Estranho em julgamento. Reed segurava o manto azul do Doutor Estranho em suas mãos. As pontas dos dedos do mago estavam queimadas como as de Wanda após a Dominação onírica e o uso do Darkhold, e tremiam em suas coxas. Seu nariz estava ensanguentado. Ele olhou para cima chorando.

— Sentirei sua falta, meu amigo — o Professor X disse.

O Doutor Estranho engoliu em seco e assentiu.

— Eu tô pronto.

Raio Negro marchou para frente e disse:

— *Sinto muito.*

Então, executou o Doutor Estranho com sua voz hipersônica, transformando-o em poeira.

O Doutor Estranho assistiu à lembrança horrorizado e depois olhou para o Raio Negro, que desviou o olhar. Descobrir que ele, não a Feiticeira Escarlate, era o monstro foi revelador: o super-herói tornou-se um supervilão capaz de destruir mundos.

— Vocês contaram pra Christine? — o Doutor Estranho perguntou.

— Sim — Reed respondeu em um tom de tristeza.

O Doutor Estranho se eriçou em suas algemas de supressão de poder, dando-se conta de que estava diante de um conselho dos seus próprios assassinos.

— A estátua? E a estátua? Vocês construíram uma estátua!

— O mundo precisa de heróis — Peggy Carter explicou. — Tomamos essa difícil decisão porque sabíamos do que o nosso Doutor Estranho era capaz. Do que, talvez, todo Doutor Estranho seja capaz.

Todos ficaram em silêncio por um momento, enquanto a ficha caía.

De repente, um alarme soou.

Reed olhou para cima.

— O prédio foi invadido.

O Doutor Estranho o olhou sério e xingou, abalado e frustrado. Esse tempo todo ele estava tentando alertar esse suposto gênio e seus capangas para evitar justo isso. E, em vez de escutarem, eles lhe contaram a história de como decidiram matar sua versão alternativa.

— Todas as Sentinelas, reportar situação — Peggy ordenou. Telas do tamanho das pareces apareceram atrás do Doutor Estranho mostrando Wanda, possuída pela Feiticeira Escarlate, invadindo a sede dos Illuminati e explodindo as Sentinelas Ultron em pedaços incendiados.

— Ela está indo atrás da criança — Maria disse.

— Tomem conta dele — Peggy disse com uma rápida olhada para seus colegas antes de sair correndo para o combate. — Votaremos na volta.

Todos os membros dos Illuminati, exceto Mordo e o Professor X, seguiram para enfrentar Wanda.

— Stephen, se conseguir escapar desta câmara, você deve guiar America Chavez — o Professor X disse calmamente.

— Do que está falando? — Mordo se levantou da cadeira e encarou o Professor X.

O Professor X o ignorou, mantendo contato visual com o Doutor Estranho.

— Salve a garota e vá até o Livro dos Vishanti.

— O quê? O livro tá aqui? — o Doutor Estranho perguntou.

— Sim, você construiu um ponto de acesso — ele respondeu.

— Charles — Mordo interrompeu —, não podemos confiar nele!

— Eu acredito que podemos — o Professor X disse. Seus olhos cintilaram.

O Doutor Estranho assentiu, grato pelo voto de fé.

— Só porque alguém tropeça e perde o caminho, não quer dizer que está perdido para sempre — o Professor X continuou. — Vamos ver que tipo de Doutor Estranho você é.

— Obrigado.

Na sala de biomonitoramento, o alarme disparou, e as Sentinelas Ultron corriam na direção do fogo visível na sala ao lado.

— Saiam todos — Christine ordenou.

Os cientistas em suas batas brancas longas correram freneticamente de um lado ao outro.

— Agora! — Christine insistiu.

— É a Wanda! — America arfou.

A sala se esvaziou. Restaram apenas elas duas. Christine correu para seu teclado para ativar o controle manual que lhe permitiria abrir a gaiola de vidro de America.

Do outro lado do salão, a cabeça cortada de uma Sentinela Ultron saiu voando de dentro do fogo. Uma mulher descalça e ensanguentada emergiu das chamas com esferas de poder nas palmas das mãos. Ela explodiu a cabeça falante da Sentinela em pedaços enquanto caminhava na direção da sala de biomonitoramento.

— Depressa, depressa! Ela tá vindo! — America ofegava enquanto Christine trabalhava freneticamente.

— Ah, não — Christine sussurrou quando o programa de computador travou, deixando America presa dentro do cubo de vidro. Christine ergueu a cabeça e viu a Wanda possuída vindo na direção delas.

Mas antes que Wanda pudesse alcançar America e Christine, a Capitã Carter pousou na frente dela vinda em um raio de luz azul, empunhando seu escudo vermelho, branco e azul. Então, o Raio Negro pousou e retraiu suas asas. A Capitã Marvel flutuou ao lado deles em seguida, todo o corpo dela brilhando ouro, e o trio foi unido por um Reed Richards elástico, que se esticou até seu lugar na frente dos outros membros dos Illuminati.

— Wanda, pare. Você possuiu uma mulher inocente, mas ainda pode fazer a coisa certa. Liberte ela — Reed falou primeiro.

Wanda não falou nada.

Ele deu mais alguns passos na direção dela.

— Por favor. Eu tenho filhos também. Entendo a sua dor.

Uma faixa de sangue corria verticalmente no rosto de Wanda, dividindo-a em duas metades. Ela olhou de relance para Reed.

— A mãe deles ainda está viva?

— Sim — ele respondeu.

— Ótimo. Vai ter alguém pra cuidar deles — ela disse em tom uniforme.

Reed engoliu em seco, mas continuou, sem saber que estava subestimando o desafio à sua frente.

— Wanda — ele tentou mais uma vez, falando calmamente e lançando olhares atrás de si —, o Raio Negro pode destruir você apenas com um sussurro.

Atrás de Reed, o Raio Negro cruzou os braços sobre o peito e soltou ar para intimidá-la.

— Que boca? — Wanda perguntou, curiosa.

O Raio Negro olhou para baixo alarmado e tocou a face com os dedos de suas luvas. Sua boca tinha sumido. O espaço onde ficavam seus lábios estava coberto agora com a mesma pele gorducha rosada de suas bochechas. Maria e Peggy olharam para ele em choque. Raio Negro gritou, mas o som foi abafado, e sua cabeça explodiu com a rajada sônica que se criou em sua garganta e não encontrou a boca para sair. Morto, Raio Negro caiu no chão.

Atordoado, Reed virou-se e tentou alcançar Wanda. Seu braço esticou-se pelo corredor gigante como se fosse feito de massinha de modelar, exatamente o que ela previu que ele faria. Wanda ergueu sua mão e explodiu Reed com a Magia do Caos vermelha que rasgou seus dedos, depois seus braços em frangalhos. Enquanto ele gritava de dor, Wanda rasgou todo o corpo de Reed em uma pilha de espaguete de borracha. Seus gritos de dor seguiram até a última tira dele se desfazer com um som como o estalo de um balão.

Dois já foram. Faltam duas, Wanda pensou, mirando a Capitã Carter e a Capitã Marvel.

As super-heroínas compartilharam um olhar determinado. A máscara de metal prateada de Maria se formou sobre seus olhos, e ela voou sobre Wanda, disparando vários raios amarelos de eletricidade que Wanda conseguiu desviar com as duas mãos. A Capitã Carter mandou seu escudo rasgando o ar na direção de Wanda, mas ela também o mandou para longe. Então, atirou telecineticamente uma estátua para cima da Capitã Marvel, e tanto a estátua quanto a heroína atravessaram uma parede.

Enquanto isso, o Doutor Estranho esperava dentro da Câmara de Julgamento com suas algemas de supressão de poder mágico e com Mordo.

— Me leve até o Livro dos Vishanti para lutarmos juntos contra ela — o Doutor Estranho demandou. Flashes do fogo laranja do combate lá fora refletiam nas paredes brancas imaculadas dentro da câmara. O Doutor Estranho não se alegrou em estar certo sobre a ameaça. A ironia aqui era mortal.

— Você não está em posição de dar ordens. Meu voto vai encerrar essa sessão quando eles retornarem — Mordo disse, andando impaciente pelo palco.

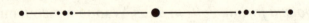

Do lado de fora, Wanda perdeu a Capitã Carter de vista em meio à fumaça. Usando-a como cobertura, a Capitã Carter avançou silenciosamente e derrubou Wanda no chão. Wanda rolou e ficou de pé para enfrentá-la novamente, cansada da batalha.

— Você ainda não cansou? — ela perguntou, quase considerando se daria ou não à Capitã Carter a chance de recuar. No universo de Wanda, ela tinha muito respeito pelo Capitão América e por Peggy Carter. Além disso, precisava poupar energia nessa Dominação onírica e focar em encontrar America, seu verdadeiro objetivo.

Mas a Capitã Carter cuspiu em resposta.

— Eu posso fazer isso o dia todo — ela disse e avançou em Wanda com seu escudo.

Wanda facilmente se esquivou e jogou a Capitã Carter até o outro lado da sala. A Capitã Carter pulou e arremessou o escudo em Wanda, que o segurou com seus poderes e o lançou de volta em Peggy, tão rápido que partiu a mulher ao meio. Arfando, a Capitã Carter caiu e Wanda olhou vitoriosa para o seu cadáver.

Mas não havia tempo para descansar. A Capitã Marvel voou gritando de volta pela parede quebrada, castigando Wanda com rajadas elétricas de fótons. Ela arrancou telecineticamente as pedras de mármore do chão enquanto corria para trás, levantando nuvens de poeira obscuras na direção de Maria, que passou atirando por ela. As duas mulheres giraram em círculos no ar, com eletricidade e magia queimando entre elas.

— Vá embora do meu universo! — a Capitã Marvel gritou, seus olhos brilhando amarelo por trás da máscara.

Mas, lentamente, a luz entre elas começou a brilhar vermelha à medida que a Feiticeira Escarlate dominava a Capitã Marvel, absorvendo sua energia. A Magia do Caos e as explosões de fótons cresceram entre elas, criando uma força tão forte que as mulheres foram jogadas para longe no grande salão.

Esgotada de seu poder, Maria despencou aos pés de uma estátua de pedra gigante, que Wanda então fez cair sobre ela usando magia. O braço de Maria saiu de baixo dos escombros, depois bateu no chão, sem vida.

•———••———•———••———•

O Doutor Estranho e Mordo ouviram os estrondos da batalha lá fora.

— Eles não vão voltar. E você votou por matar seus amigos — o Doutor Estranho disse, nauseado. Ele se virou de costas para Mordo, e teve uma ideia. Talvez conseguisse incitar Mordo a lutar contra ele.

— Não que isso te incomode — o Doutor Estranho continuou. — Sabe, de onde eu venho, você me odiava. E eu aposto que você, "meu irmão", secretamente me odiava aqui também. Devia sentir tanta inveja. Sabe de uma coisa? Eu aposto que você ficou superempolgado de saber que eu tinha sido corrompido! Deve ter sido você que me entregou o Darkhold, pra começo de conversa...

Mordo estava balançando a cabeça negativamente, mas essa última acusação acertou a ferida.

— Você não sabe nada deste universo! — ele berrou de repente, interrompendo o Doutor Estranho.

— Eu sei que matar o Stephen Strange garantiu seu lugar no Sanctum, pra se tornar o Mago Supremo. E se juntar ao seu pequeno circo de palhaços, os Illuminati — o Doutor Estranho gritou de volta.

Mordo cansou desse Doutor Estranho.

— Eu estou pronto! — ele gritou, depois fez silêncio por um momento, desembainhando a espada guardada em suas costas. — Para dar o meu voto.

Com as costas do Doutor Estranho ainda viradas para ele, Mordo lançou um grito de guerra e pulou para baixo com a espada em riste.

O Doutor Estranho se virou e se abaixou bem a tempo. Mordo atacou implacavelmente, tentando golpeá-lo com sua espada laranja incandescente. O Doutor Estranho ergueu suas algemas de supressão de poder mágico para se defender. Centelhas verdes voaram. A espada não conseguiu penetrá-las até o fim, mas as danificou. Usando as algemas como alavanca, o Doutor Estranho empurrou Mordo para longe dele e o acotovelou no rosto. O fundo das botas de couro de Mordo de repente brilhou laranja, e ele patinou sobre faíscas ardentes na direção do Doutor Estranho, avançando sobre ele com sua espada mais uma vez. Ele acertou o pulso do mago preso e o atirou no chão.

O Doutor Estranho olhou para suas mãos. Seu plano havia funcionado. Uma das algemas supressoras de poder mágico havia se aberto. Mordo avançou lentamente até ele. Então, empurrou o Doutor Estranho pelo colarinho contra a parede, olhando-o nos olhos enquanto segurava sua espada laranja brilhante no pescoço do outro homem. Com reflexos mais rápidos do que um raio, o Doutor Estranho fechou uma das algemas na mão que Mordo usava para prendê-lo, e usou sua outra mão, agora livre, para forçar magicamente a lâmina estendida a se afastar de sua garganta. Depois, acertou o rosto surpreso de Mordo com o cotovelo.

Amarrados juntos, os dois giraram em um turbilhão de túnicas com cores de joias em um poço profundo sob as cadeiras dos Illuminati. O elo das algemas que os unia se partiu. Flashes de fogo da batalha com Wanda que se espalhavam do lado de fora eram refletidos pelas pedras de mármore. Mordo e o Doutor Estranho se puseram de pé e continuaram a se socar e chutar. Sem magia, apenas punhos e ressentimentos. Subindo a pontapés pelas paredes estreitas tentando escapar, o Doutor Estranho enfiou o pé no peito de Mordo, tirando o ar de seus pulmões. Mordo caiu no chão, e o Doutor Estranho se alçou para fora do poço.

— Acho que tô começando a entender por que o seu Mordo não gostava muito de você! — Mordo gritou para ele enquanto o Doutor Estranho corria para longe da Câmara de Julgamento para salvar America.

CAPÍTULO 13

Christine e America lutavam com a fechadura circular de sua cela de vidro. Mas ela não cedia.

— Não vai abrir! — Christine gritou. Ela pensou rápido e foi pegar um extintor de incêndio com a base de ferro. — Se afaste!

Ela tentou bater no vidro com ele, mas sem efeito. Ao longe, viam que Wanda estava indo até elas depois de ter derrotado os Illuminati.

Assustada, America socou o vidro com força mágica suficiente para quase quebrá-lo. Rachaduras em forma de teia de aranha apareceram nele.

— Uau.

— Uau — Christine repetiu, impressionada.

Com os cabelos emaranhados contra o rosto ensanguentado e os jeans manchados com ainda mais sangue, Wanda mancava para a sala biomédica. Mas antes que ela pudesse se aproximar de America, o Professor X chegou dirigindo sua cadeira de rodas motorizada amarela.

— Chega! — ele ordenou. Segurando uma mão sobre a têmpora e outra na direção da Wanda possuída, o Professor X a congelou telepaticamente e entrou em sua mente.

Ele viajou mentalmente, passando por uma Feiticeira Escarlate aos gritos, até uma porta queimada e poeirenta. Os destroços bombardeados da casa de infância de Wanda estavam sozinhos em um enorme espaço branco de sua mente. Vestindo uma camisa de gola rolê preta, o Professor X caminhou em direção a ela. Ele não usava cadeira de rodas aqui. Ele examinou com cautela e entrou pela porta que abriu com sua mente para encontrar mais um espaço branco. Mais adiante, estavam mais blocos de cimento e detritos de guerra. Uma televisão abandonada piscava perto de um buraco escuro na base dos escombros, emoldurada por um tecido branco esfarrapado.

Uma mão apareceu repentinamente pelo buraco. O Professor X arfou assustado.

— Por favor, me ajuda! — O rosto da Wanda do Universo 838 apareceu depois da mão.

A Feiticeira Escarlate tinha banido sua consciência para este buraco escuro, enterrada sob escombros, enquanto manipulava seu corpo. Desesperada, a Wanda de verdade estendeu o braço.

O Professor X se agachou ao lado dela.

— Wanda Maximoff, sua mente está refém de sua versão alternativa.

Ao longe, eles ouviram explosões e o soar de uma sirene de ataque aéreo. Os escombros sobre a cabeça de Wanda desabaram mais um pouco, prendendo-a ainda mais.

— Segure minha mão — o Professor X mandou. — Se eu conseguir puxar você daí, talvez o feitiço se quebre.

Grunhindo, com poeira dos escombros rodopiando ao redor deles, o Professor X apertou a mão de Wanda enquanto ela tentava escalar para fora. Mas, atrás deles, o espaço branco estava sendo tomado por lufadas de fumaça escarlate. A Feiticeira Escarlate sussurrou em sokoviano, lançando um feitiço. O Professor X olhou para cima, imobilizado. Wanda escapou de sua mão e desapareceu no buraco.

De repente, a Feiticeira Escarlate estava ali, de pé logo atrás do Professor X.

E ela estava *irada*.

Sua pele cinzenta, seus olhos como chamas vermelhas, essa Feiticeira Escarlate cadavérica agarrou a parte de trás da cabeça do Professor X com suas unhas transformadas em longas garras pretas. Ela não hesitou. Em um único movimento brutal, ela partiu o pescoço dele com um estalo audível.

• —— ••• —— • —— ••• —— •

Na sala de biomonitoramento, o Professor X mal tinha tocado sua têmpora quando caiu de sua cadeira, morto. A Feiticeira Escarlate, de volta ao controle do corpo de Wanda, o olhou no chão, satisfeita. Ela se voltou para a cela de vidro para finalmente sequestrar America, mas a encontrou estilhaçada e vazia.

America e Christine tinham escapado.

Ofegantes, elas corriam por suas vidas atravessando os corredores vazios e ecoantes da sede dos Illuminati. De repente, as luzes piscaram. Uma figura obscura se aproximou deles, crescendo a cada passo. Christine pôs um braço à frente de America para protegê-la. Elas pararam e prenderam a respiração, preparando-se para o ataque de Wanda.

Em vez disso, o Doutor Estranho derrapou até parar na frente delas com um guincho alto de seus sapatos.

— Ei, vocês tão bem? Você tá bem? — ele perguntou.

O Manto da Levitação flutuava pelo corredor, enquanto America se jogava no Doutor Estranho para abraçá-lo. Ele deu uns tapinhas amigáveis nas costas dela.

— Você tá bem? — ele perguntou novamente.

— Tô — America sussurrou, aliviada.

Christine assistiu à reunião emocionante deles, comovida. America claramente confiava e se importava com este Doutor Estranho. O Manto se fixou aos ombros do dele. O buraco que a Feiticeira Escarlate tinha feito quando o Doutor Estranho empurrou America pelo portal para este universo tinha sido coberto por um grande remendo azul.

— Ela consertou — America disse ao mago, virando-se para Christine.

— Obrigado — o Doutor Estranho disse.

— De nada — Christine respondeu, atravessando o corredor longo e cinzento na direção dele.

A emoção fervilhava por baixo de sua atitude indiferente. Este Doutor Estranho tinha desenterrado muitos sentimentos que Christine não tinha tempo para processar agora. Todos os protocolos que ela ajudou a colocar em prática para proteger tanto seu universo quanto seu coração de uma visita de outro Doutor Estranho tinham acabado de voar pela janela. Em menos de uma hora, a Feiticeira Escarlate havia eliminado quase todos os Illuminati.

Christine sabia que a única coisa que podia fazer agora era ajudar a proteger a jovem e tentar sobreviver. Mas como?

Como sempre, o Doutor Estranho achava que tinha a solução.

— Xavier disse que eu construí um ponto de acesso para o Livro dos Vishanti. Pode nos levar até lá?

— Como eu sei que posso confiar em você? — Christine perguntou, genuinamente se perguntando se podia depositar sua fé neste Doutor Estranho. O que ela tinha conhecido deixou sua arrogância aniquilar um universo cheio de vidas incontáveis, já este homem diante dela parecia capaz de mover o céu e a terra para salvar uma única criança.

— Eu sei o que aconteceu — o Doutor Estranho disse, olhando com ímpeto nos olhos dela. — E eu sinto muito pelo que ele fez. Mas acredite em mim, o Livro dos Vishanti é a única solução.

— É, a sua solução — Christine disse com raiva. — Você tá falando exatamente como o meu Stephen agora.

Ele tinha sempre que estar no controle, e aí matou um trilhão de pessoas desse jeito.

As palavras dela pegaram o Doutor Estranho desprevenido. Ele piscou, sem palavras. A Christine dele tinha dito a mesma coisa sobre estar no controle no dia do seu casamento, e até citou aquilo como a causa para o fracasso inevitável da relação deles.

— Esse Stephen é diferente — America interveio.

Christine se voltou para ela.

America levantou as mãos em súplica.

— Ele é mesmo. Os outros Stephens não importam.

Ela se virou para o Doutor Estranho.

— Você não é como eles.

Christine olhou para o Doutor Estranho ainda em dúvida.

O Doutor Estranho ficou emocionado pela confiança de America. Ele acenou com a cabeça para ela sem perder contato visual com Christine.

— Garota esperta.

As luzes tremeluziam e alguma coisa se agitava sobre suas cabeças. Suspirando, Christine finalmente tomou sua decisão.

— Me dê sua mão.

O Doutor Estranho estendeu seu braço esquerdo, ainda com uma pulseira supressora de poder. Christine tirou um pequeno controle remoto do bolso e a desligou.

— Não faça eu me arrepender disso — ela se inclinou e sussurrou, lançando um olhar duro a ele.

— Pode deixar — ele sussurrou de volta.

Barulhos de coisas quebrando tomaram conta do ar.

— Ok, a gente pode ir agora? — America perguntou, assustada.

— Sim, me sigam — Christine disse, levando-os mais fundo nos corredores traseiros não polidos da sede dos Illuminati, passando por luzes estridentes e um brilho vermelho distante que avisava que a Feiticeira Escarlate estava se aproximando.

Eles desceram por escadas e passaram por corredores com tubos e painéis elétricos expostos antes de parar em uma sala de arquivos bagunçada, cheia de pilhas de livros e pastas do chão ao teto. Christine apertou um botão para selar a entrada.

— Por onde esse túnel passa? — o Doutor Estranho perguntou, olhando adiante para uma abertura circular.

— Por baixo do rio — Christine respondeu.

Eles correram para ele o mais rápido que puderam. De repente, as portas atrás deles se abriram com uma rajada de luz vermelha. Lá estava Wanda, ameaçadora, ainda mais sangrenta do que antes. Seus pés descalços estavam cortados por tê-los perseguido passando sobre vidro quebrado. Seus olhos brilhavam um vermelho demoníaco enquanto ela mancava em direção a eles.

— Vão! Vão, vão, vão! — o Doutor Estranho berrou para Christine e America seguirem adiante.

Wanda explodia as mesas em seu caminho. Christine apertou um botão para selar a saída com uma porta de inundação ao sair, mas Wanda a explodiu tão facilmente quanto tinha feito com a entrada. Ela tentou atirar uma rajada de Magia do Caos no trio em fuga, mas o túnel se curvava e ziguezagueava demais para que ela conseguisse mirar direito.

Enquanto corriam, Christine apertou outro botão e uma segunda porta de inundação feita de metal pesado desceu do teto, separando sua parte do túnel da de Wanda. Eles pararam e olharam para ela, esperando que Wanda a atravessasse como as outras, mas nada aconteceu. Gotas de água pingavam do teto do túnel. Eles estavam debaixo do rio agora.

— Pra onde ela foi? — America sussurrou.

Subitamente, de alguma forma, Wanda deslizou até eles sem fazer barulho, vinda do caminho bifurcado, se pondo entre eles e a porta fechada. America gritou. Wanda estava corcunda, com seu cabelo comprido escurecido pela luz fraca jogado sobre seu rosto pálido de zumbi, cobrindo o brilho forte vermelho de seus olhos. Christine mantinha um braço protetor em frente a America. O Doutor Estranho ficou diante delas para protegê-las.

— Eu te avisei — Wanda disse a ele, arfando bastante e se arrastando para perto.

— Outra Wanda, se estiver aí dentro, segure a respiração — ele respondeu, e conjurou um poderoso feitiço que reluzia em círculos concêntricos alaranjados brilhantes do punho com o qual ele deu um soco no chão. O feitiço irradiou na direção de Wanda, liberando uma avalanche de água e tijolos do rio para dentro do túnel. Eles correram para longe. Outra porta se fechou atrás deles para prender Wanda na enchente.

— Você matou ela? — America perguntou enquanto corriam.

— Não, só ganhamos algum tempo — o Doutor Estranho respondeu, apressando-se para uma sala-cofre no fim do túnel.

Mais à frente, Christine parou junto a uma enorme porta de ferro trancada.

— O caminho do livro é por aqui. Mas só o Stephen sabia como abrir — ela disse.

As mãos do Doutor Estranho se movimentavam energeticamente pelo ar, invocando a energia do Olho de Agamotto pendurado em uma corrente ao redor de seu pescoço. A manivela circular na porta girou e brilhou dourado, mas a porta não se abriu.

O Doutor Estranho xingou baixinho, incrédulo.

— Um encantamento específico a mim. Algo que só eu saberia — ele murmurou para si, fechando os olhos. Fechou as mãos sobre o rosto e as soprou, pressionando a si mesmo para pensar mais a fundo. — Vai, pensa.

Christine olhou para baixo e teve uma epifania.

— Stephen! — Ela ergueu o relógio quebrado e olhou na direção da manivela circular. Nela havia um sulco também circular em seu centro, mais ou menos do tamanho do relógio.

— É isso. — Ele aceitou gentilmente o relógio que ela lhe ofereceu, tocado por ela tê-lo guardado mesmo depois de tudo que aconteceu com a versão dele deste universo. — Obrigado.

— De nada — Christine disse, desviando o olhar e limpando a garganta. Tinha muito a ser dito entre eles, mas aquele não era o lugar nem o momento.

— Abre-te, sésamo. — O Doutor Estranho encaixou o relógio no sulco com cuidado e a porta se abriu para o crepúsculo roxo ofuscante do Espaço Entre Universos.

•———•••———•———•••———•

Visto do Espaço Entre Universos, o túnel em que eles estavam não era mais do que um portal à deriva, flutuando no céu infinito. Abaixo deles, o Livro dos Vishanti cintilava em seu templo voador. Com a face brilhando rosada no crepúsculo, o Doutor Estranho saltou pelo portal até um dos painéis estreitos reluzentes que se espalhavam formando um moinho em torno do Livro dos Vishanti. Os painéis pareciam ser feitos de azulejos de vidro tingido, dispostos em um padrão floral.

— Vem, garota. Você consegue — o Doutor Estranho chamou America, pedindo que saltasse até ele.

— A gente consegue — America disse, inspirando fundo e acenando com a cabeça para Christine, que parecia nervosa.

— É — Christine suspirou, com olhos arregalados. Não era hora de ter medo de altura.

America pulou primeiro, e Christine a seguiu, pousando ao lado do Doutor Estranho. Ele segurou o braço dela para ajudá-la a se equilibrar.

— Você tá bem?

— Tô — ela disse, e ele a soltou. Ela olhou ao redor para as nuvens espiraladas e os escombros de civilizações flutuando sem rumo pelo céu. — Essa é a fenda conectora. O Espaço Entre Universos.

O Doutor Estranho se aproximou do Livro dos Vishanti. Ele emitia um zunido etéreo, como um coro de anjos cantando, e brilhava como um diamante sobre um pedestal prateado mais alto que o mago.

— Muito bem, Livro — o Doutor Estranho disse, subindo até ele. — Me dê o que preciso.

Ele removeu o livro resplandecente com reverência de seu estande e se voltou para Christine e America. Mas antes mesmo que o Doutor Estranho pudesse abrir o Livro dos Vishanti, os olhos de America rolaram para cima e sua cabeça foi consumida pela Magia do Caos escarlate.

De repente, ela foi puxada para trás pelos cabelos até a mão de Wanda, que estava pronta para recebê-la.

— Não! — Christine gritou e se jogou na direção dela, mas o Doutor Estranho a segurou, sabendo que Wanda não hesitaria em matá-la.

Ele arremessou uma rajada de energia em Wanda, mas ela a absorveu e imediatamente jogou de volta nele.

A explosão vermelha da Magia do Caos fez o Livro dos Vishanti cair das mãos dele e lançou o Doutor Estranho e Christine para longe em direções opostas. O Livro dos Vishanti caiu no chão e pegou fogo. Ele assistiu enquanto as páginas de que tanto precisava viravam cinzas.

Foi então que Wanda usou sua telecinese para amarrar o Doutor Estranho e Christine com cordas vermelhas de Magia do Caos e os suspendeu em pleno ar.

Segurando America com uma mão, Wanda usou a outra para conjurar um portal em forma de estrela com os poderes que já havia drenado da adolescente. Com um golpe de raiva de seu braço, ela enviou o Doutor Estranho e Christine voando pelo portal para outro universo. Então, movendo seus dedos perto da têmpora de America como se a jovem fosse seu controle remoto pessoal, Wanda examinou o Multiverso além do portal para localizar seu próprio corpo físico no Universo 616. Em segundos, ela se viu, ainda levitando sentada com as pernas cruzadas, rodeada por suas obedientes bestas anciãs.

Finalmente.

Wanda arremessou America através do portal no chão de pedra do Wundagore.

Ainda realizando a Dominação onírica, a Feiticeira Escarlate do Universo 616 suava profusamente com a fadiga de todas as batalhas que tinha lutado e toda carnificina causada enquanto manipulava sua versão alternativa. Era mais difícil do que lutar como ela mesma, os movimentos eram mais rígidos e mais difíceis de coordenar remotamente estando em outro corpo. Mas logo se tranquilizou, ela entraria completamente em outra realidade. Ela teria os poderes de America e iria como ela mesma. Não haveria necessidade de manipular um eu alternativo quando assumisse seu lugar de direito como mãe de Billy e Tommy em outro universo. Não haveria mais ninguém com quem lutar, e ela passaria seus dias como a versão alternativa assando biscoitos e comendo sorvete com seus filhos. Logo, logo.

Com a chegada de America, a Feiticeira Escarlate do Universo 616 abriu os olhos e encerrou a Dominação onírica.

•———••• ———————— • ———————— •••——•

Quando o feitiço terminou, a Wanda do Universo 838 abandonada no Espaço Entre Universos fechou os olhos e caiu no chão. Quando abriu os olhos, estava novamente em controle de si mesma. Finalmente. As últimas horas haviam sido horríveis. Ela estava coberta de sangue e exausta, mas a primeira coisa em que ela pensou, como sempre, foi nos seus filhos.

— Meus meninos — ela sussurrou. Não tinha ideia de que horas eram. Com sorte, Billy e Tommy tinham dormido bem durante a noite. Talvez, na melhor das hipóteses, eles nem sequer perceberam que ela tinha saído. Ela olhou ao redor do céu roxo sem fim, tentando encontrar uma saída e avistou a porta flutuante com a manivela circular.

Sem pensar duas vezes, as palmas das mãos de Wanda brilharam vermelho, e ela voou de volta pela porta aberta para a sede dos Illuminati.

No Wundagore, a Feiticeira Escarlate caminhava ameaçadoramente na direção de America, que estava de joelhos.

— Seus filhos não iam querer isso — America suplicou ofegante.

Os olhos da Feiticeira Escarlate se acenderam de raiva. Ela agarrou America telecineticamente e atirou-a com força para a tribuna que, segundos antes, estava usando para usar a Dominação onírica. America aterrissou com as costas no chão. As bestas anciãs eram bem maiores que ela. A Feiticeira Escarlate arrastou suas unhas pelas runas à beira do altar até chegar atrás da cabeça de America.

— Eles não vão saber — ela disse, confiante.

— Talvez não. Mas você vai — America retrucou.

CAPÍTULO 14

— Ah, não. Ai, droga! — o Doutor Estranho gritou, espreitando através do portão alto de ferro fundido. Era o mesmo beco de onde ele havia saído no Universo 838. Só que, ao invés de uma exuberante Manhattan inundada de flores, o portão neste universo levou a uma rua abandonada no meio de uma nevasca.

— É como se... esta realidade tivesse colapsado em si mesma — Christine disse, notando os andares superiores dos arranha-céus recurvados e os detritos e poeira que flutuavam ao seu redor.

— É. Ou como se duas realidades tivessem colidido — o Doutor Estranho respondeu. — Vamos. A America não tem muito tempo. — Ele seguiu adiante pela neve com ímpeto.

Carros flutuavam acima da rua, alguns ainda com as luzes acesas. Tudo neste universo magicamente destruído era cinzento e tingido por uma luz azul. Os cabelos castanhos de Christine e o Manto carmesim do Doutor Estranho se destacavam bastante em contraste com a paisagem desolada.

— E pra onde estamos indo? — Christine perguntou.

— Bom, se ainda tiver um Sanctum neste universo, talvez tenha outro Outro Outro Eu, e essa é a nossa melhor chance de voltar pra ela.

O metal rangia, nu, deformado, ramos de árvores torcidos saíam do solo, e os edifícios se desmoronavam ainda mais enquanto eles iam em direção ao Sanctum de Nova York passando por poças enormes.

— Dá pra ver por que vocês têm tanto medo das Incursões — o Doutor Estranho disse.

Eles atravessaram um grande campo de terra coberto por rochas e escombros.

— O que quer que tenha acontecido, o você desse universo não fez um bom trabalho em impedir — Christine disse.

Através do turbilhão de neblina, a imagem do Sanctum começou a surgir no horizonte adiante. Parecia sinistro sob a luz sombria. *Um Sanctum Sinistro*, o Doutor Estranho pensou.

Alguém em um dos andares superiores do Sanctum Sinistro observava enquanto eles se aproximavam. A figura se afastou de uma enorme janela circular em um rodopio de vestes azuis. A janela lembrava o Olho de Agamotto que o Doutor Estranho usava ao redor de seu pescoço. Logo acima da janela, o topo do prédio se desfiava em uma nuvem de metal retorcido e poeira que flutuava para o céu.

— Pode deixar que eu digo a ele o que você disse — o Doutor Estranho falou para Christine, certo de ter visto uma versão alternativa sua.

DR. ESTRANHO NO MULTIVERSO DA LOUCURA

Ele deixou Christine do lado de fora e aventurou-se a entrar no Sanctum sozinho. Ela olhava para ele, perplexa. Os espigões do portão de ferro fundido junto aos degraus da frente haviam sido afiados em pontas de lança. As portas duplas se abriram de forma esquisita para o Doutor Estranho enquanto ele entrava, depois se fecharam atrás dele. Suas botas se arrastaram por alguns centímetros de inundação e não havia paredes no outro lado do Sanctum, apenas uma escada que se estendia infinitamente para cima, através de um oceano cheio de ondas. Cuidadosamente, o Doutor Estranho subiu os degraus e chegou a uma sala escura cheia de móveis de madeira ornamentados e antigos, além da enorme janela circular pela qual o Doutor Estranho e Christine haviam sido vistos lá embaixo.

— Olá? — o Doutor Estranho arriscou chamar.

— Pare onde está — a voz de um homem respondeu de outra escada escondida nas sombras do outro lado da sala. — Como chegou até aqui?

— Por acidente — o Doutor Estranho respondeu.

— Quem é você? O que é você? — perguntou a voz que o Doutor Estranho confirmou ser a sua. Era outro Doutor Estranho. Em um Sanctum Sinistro. Um Strange Sinistro.

— Eu sou... só... mais um de nós — o Doutor Estranho respondeu. Ele estava desconfiado, mas aliviado. Pelo menos, esta versão alternativa de si mesmo estava viva. Todos os outros que ele encontrou até agora estavam mortos.

— Do Multiverso? — o Strange Sinistro perguntou, olhando para ele desconfiado.

— Isso mesmo.

— Prove.

O Doutor Estranho olhou para o chão tentando pensar em algo que só ele sabia sobre ele mesmo.

— A gente tinha uma irmã. Donna. Ela... Ela morreu. Quando a gente era criança — ele disse com tristeza.

— Como? — O Strange Sinistro começou a descer as escadas até o Doutor Estranho.

— A gente tava brincando num lago congelado, e ela caiu por um buraco no gelo. Eu não consegui salvá-la — o Doutor Estranho disse pausadamente, ainda assombrado pela lembrança. Ele balançou a cabeça para afastá-la.

— É isso mesmo. Mas não falamos sobre isso, né? — o Strange Sinistro respondeu, caminhava com as mãos cruzadas nas costas.

— Não falamos, não. Suponho que sua realidade não tenha sido sempre assim? — o Doutor Estranho perguntou e começou a caminhar também. Uma das paredes do Sanctum estava faltando no andar de cima também. Do lado de fora, poeira e escombros formavam um cone de fumaça que subia na direção do sol fraco.

— Suponho que tenha sido como a sua, até... — a voz do Strange foi desaparecendo. Ela estava áspera, como se ele não soubesse mais falar com pessoas.

— Até...?

— Até eu perder — o Strange Sinistro disse, ficando sob a luz fraca vinda da janela circular.

— Pra quem?

— O que você quer?

— Eu só quero voltar pra casa.

— É, acredite, eu estou tentando sair daqui faz muito tempo — o Strange Sinistro disse. Suas mãos estavam sujas, e as unhas, malcuidadas. Ele tocou um livro dentro de um coldre preso no cinto. Ele brilhava vermelho.

— O Darkhold — o Doutor Estranho disse ao reconhecê-lo. — Você é o guardião dele neste universo?

— É. Por uma boa razão.

— É um bom começo. Ele pode ser útil — o Doutor Estranho disse, estendendo uma mão. — Ele pode me ajudar a me comunicar com o meu universo.

— Cuidado — o Strange Sinistro disse, interrompendo-o.

O Doutor Estranho o encarou, notando mais algumas diferenças entre eles. Primeiramente, o Strange Sinistro não só era mais magro, mas também menor. Seu cabelo e cavanhaque eram mais compridos. Não era só falta de cuidado ou asseio, ele lembrava desconfortavelmente o Doutor Estranho um rato.

— O Darkhold cobra um preço caro — o Strange Sinistro falou baixinho.

— Não querendo ser insensível, mas o que mais ele pode cobrar?

— Não é só desta realidade — o Strange Sinistro respondeu, olhando o Doutor Estranho nos olhos com dureza. — É do leitor.

— Olha, eu sinto muito que não conseguiu salvar o seu universo, mas quem sabe você pode ajudar a salvar o meu?

— Você é feliz, Stephen? — o Strange Sinistro deu um passo atrás, levantando as sobrancelhas e olhando para ele com astúcia.

— O quê? — O Doutor Estranho ficou confuso com a mudança repentina de assunto.

— "Você é feliz, Stephen?" — o Strange Sinistro repetiu, com uma pausa entre cada palavra para dar um efeito dramático. — Foi a pergunta que Christine Palmer me fez no dia do casamento dela.

Ele olhou pela janela circular e notou a Christine alternativa lá embaixo, do lado de fora do Sanctum. Os olhos dele brilharam com cobiça, e ele fechou os dedos acima da cabeça, como se estivesse colhendo do céu algo que ele tinha acabado de descobrir que queria. Ele se virou de novo para o Doutor Estranho.

— E eu disse "sim, é claro que sou feliz. Sou um mago com o poder de deuses. Que homem não seria feliz?". Depois eu voltei para essa casa assombrada, me sentei e fiquei pensando em por que tinha mentido. Eu nunca quis que nada disso acontecesse. Só estava procurando por um mundo onde as coisas fossem diferentes. Onde a Christine fosse minha. Onde eu fosse *mesmo* feliz — o Strange Sinistro disse, amargurado.

Do outro lado da sala, o Doutor Estranho o observava ao lado de um velho fonógrafo e de um candelabro enferrujado. Ele, é claro, compreendeu a solidão do Strange Sinistro melhor do que qualquer um poderia. Ao mesmo tempo, seu instinto lhe dizia para ser cauteloso com este cara esquelético que tinha o Darkhold preso ao quadril.

— Mas eu não o encontrei — o Strange Sinistro continuou falando vagarosamente. — Tudo que achei foi mais de nós. Então eu fiz um favor àqueles Stephens. Já teve aquele sonho que você tá caindo, como se tivesse sido empurrado de um prédio bem alto?

Os olhos do Doutor Estranho se arregalaram, em choque. O Strange Sinistro não estava prestes a confessar o assassinato de seus outros "eus", estava?

— Provavelmente, era eu — o Strange Sinistro confirmou com um sorriso, olhando para o Doutor Estranho. De repente, um terceiro olho apareceu no meio da testa daquele homem e lançou um olhar maligno na direção dele.

Lá fora, as nuvens escureceram e se agitaram no céu. Os relâmpagos crepitavam ameaçadores.

— O Darkhold cobra um preço caro — o Strange Sinistro repetiu, com olhos maliciosos e bem abertos.

— Ok — o Doutor Estranho disse, bastante assustado, mas tentando não mostrar. — Mais motivo pra descansar um pouco dele, então pode me dar. — Ele fez um gesto pedindo ao Strange Sinistro que lhe entregasse o livro.

— É o seguinte. Eu deixo você usar o Darkhold, se você me der sua Christine — o Strange Sinistro disse maldosamente, enrugando o nariz e mostrando seus dentes.

— É... — o Doutor Estranho falou baixinho, dando-se conta do quanto o Strange Sinistro era malvado. Parecia que ele pensava em Christine como um pedaço de pão que pode ser trocado e não uma mulher independente capaz de tomar as próprias decisões. Era esquisito olhar no espelho a sua pior versão possível. — ... Eu não acho que ela vá topar.

— Não? — o Strange Sinistro perguntou, sarcástico, estalando a língua. — Imaginei que não.

O Doutor Estranho atacou primeiro, mandando um dardo e corda dourado para tentar puxar o Darkhold do cinto do Strange Sinistro. Mas ele agarrou o livro e atirou uma rajada roxa na direção do Doutor Estranho que o lançou direto no piano. Ele tocou desafinado, e um maço de folhas de partituras saíram voando. O Doutor Estranho apertou uma das teclas enquanto se levantava e teve uma ideia. Levantou uma mão sobre as folhas de música e as notas musicais brilharam repentinamente como o sol, vibrando enquanto se destacavam delicadamente das páginas. O Doutor Estranho juntou algumas em suas mãos e as atirou no Strange Sinistro. A cacofonia flamejante dourada atingiu o Strange Sinistro no peito, distraindo-o, e o Darkhold caiu no chão.

O Strange Sinistro esticou magicamente no ar uma pauta de música e rearranjou as notas sobre ela, atirando o agora roxo arranjo orquestral de volta ao Doutor Estranho ao som da melodia sinistra de Tocata e Fuga de Bach. O ataque fez o Doutor Estranho cambalear, reverberando tão forte que sua alma foi quase arrancada de seu corpo. Ele contra-atacou com uma rajada musical e elétrica da Sinfonia nº 5 de Beethoven, e o Strange Sinistro atirou notas afiadas como lâminas de barbear na direção dele.

Os dois continuaram lançando feitiços musicais um contra o outro até que todo o som e a força se emaranharam entre eles em uma bola brilhante roxa e dourada. Ambos estavam ofegantes, cansados pelo esforço. O Strange Sinistro se esgueirou para invocar telecineticamente o Darkhold, e o Doutor Estranho se aproveitou de sua distração momentânea para tocar uma única nota musical de uma harpa do outro lado da sala e atirá-la na direção da bomba musical cintilante crescendo entre eles. A pequena nota da harpa tocou e desencadeou uma enorme explosão que mandou o Doutor Estranho voando pela sala e o Strange Sinistro pela janela circular, direto na cerca de ferro fundido abaixo. As lanças pontiagudas da cerca o empalaram.

Christine arfou e correu para ver qual Doutor Estranho tinha morrido. O terceiro olho do Strange Sinistro se abriu para ela e ela gritou.

No andar de cima, o Doutor Estranho segurou o Darkhold em suas mãos.

CAPÍTULO 15

Uma faixa estreita de pedra saltava para fora na encosta do Wundagore. Wong estava nela, inconsciente. Seu dardo de corda dourado preso em sua mão balançava pendurado na beira do penhasco. De repente, ele acordou e piscou os olhos algumas vezes. A neve soprava em torno de sua cabeça, enquanto se punha de pé. Cortes ensanguentados estavam secos em suas bochechas e testa, presentes da batalha contra a Feiticeira Escarlate naquele dia. Ao se orientar, Wong olhou em direção ao pico do Wundagore. A Feiticeira Escarlate ainda estava lá, conspirando para assassinar America e devastar o Multiverso. Cansado, mas determinado, ele lançou seu dardo de corda em direção à entrada do templo. O gancho de metal se prendeu em uma pedra. Grunhindo, Wong começou a fazer rapel de volta ao alto da montanha para tentar deter a feiticeira.

Dentro de seu templo, a Feiticeira Escarlate fixou America à tribuna com sua telecinese e começou a sugar seus poderes com a Magia do Caos, segurando suas palmas vermelhas brilhantes sobre a cabeça da adolescente. America ficou tensa e gritou, subindo no ar acima da tribuna em que estava. O lugar brilhava vermelho, iluminando as runas antigas dos feitiços do Darkhold. O poder e a força vital de America estavam sendo drenados em filamentos de fumaça branca que corriam para as mãos à espera da Feiticeira Escarlate.

America estava ficando sem tempo.

CAPÍTULO 16

De volta ao Sanctum do Strange Sinistro, o Doutor Estranho não perdeu tempo para abrir o Darkhold e usar a projeção do atlas mágico para vasculhar o Multiverso. Os universos brilhavam ao seu redor como uma teia interconectada de bolas vermelhas brilhantes. Ele encontrou a que precisava, arrancou-a do ar e aproximou a imagem para encontrar America. Ele a viu se contorcendo de dor enquanto a Feiticeira Escarlate sugava seus poderes.

— Aguenta firme. A gente tá indo — ele disse, fechando o livro para encerrar a projeção e o abrindo novamente em busca de respostas. Ele passou suas mãos por cima das páginas para revelar os feitiços escritos nelas.

Christine chegou na sala e o viu sentado no chão, devorando o livro maléfico.

— O que você tá fazendo com o Darkhold?

O Doutor Estranho se inclinou sobre ele, suas mãos unidas como em oração.

— Você vai usar a Dominação onírica? — Christine perguntou com um tom acusatório em sua voz.

— É um pouco mais que só a Dominação onírica — ele disse.

Ela balançou a cabeça enojada.

— Vocês, Strange, são todos a mesma coisa.

— Eu sei, você tá certa — o Doutor Estranho disse firme, levantando os olhos para olhar nos dela. — Somos a mesma coisa, mas, neste momento, aquela garota precisa de mim. E eu não posso fazer isso sem sua ajuda. Enquanto eu estiver viajando, preciso que você proteja meu corpo, caso elas me ataquem por passar dos limites.

— Quem são "elas"? — Christine perguntou, o encarando ainda desconfiada, mas menos. O Doutor Estranho nunca gostou de pedir ajuda ou de admitir vulnerabilidade.

— As Almas dos Condenados — o Doutor Estranho disse. As Almas dos Condenados guardavam o Monte Wundagore, e ele tinha o pressentimento que sua recepção seria ainda mais fria do que a que ele teve do Strange Sinistro e dos Illuminati.

Ele torceu os pulsos para longe do corpo. No quarto escuro, com seu Manto pesado, o movimento lembrou Christine um pouco do Drácula. Com uma grande lufada de ar, velas e candelabros pesados de metal deslizaram por toda a sala, formando um círculo ao redor do Doutor Estranho. Ele estendeu suas mãos e de repente todas elas se acenderam. No centro, rodeado por velas, ele levitou em direção ao teto e fechou os olhos. Christine o observava com incerteza.

— Ok — ela disse, assustada e indo na direção dele. — Mas você não precisa de uma versão sua que viva naquele universo? Pra manipulá-lo?

O Doutor Estranho abriu um dos olhos e, levantando uma sobrancelha, olhou para ela.

— Quem disse que precisa estar vivo?

De volta ao universo natal do Doutor Estranho, um raio cortou o céu noturno perto de uma série de edifícios da cidade de Nova York. De repente, uma mão cerosa e manchada saiu de uma pilha de tijolos sobre um dos telhados vazios, flexionando rigidamente seus dedos. Outra mão se seguiu, e então a cabeça de um cadáver emergiu entre os tijolos desmoronados, rugindo. Era o cadáver do Defensor Strange, possuído pelo Doutor Estranho vivo enquanto ele realizava a Dominação onírica.

Dentro de seu círculo de velas no Sanctum Sinistro, os olhos do Doutor Estranho se abriram e sua cabeça rolou para trás enquanto ele rosnava e se contorcia. Se possuir um eu alternativo vivo era magia obscura e proibida, realizar a Dominação onírica em um cadáver era certamente duplamente proibido.

Mas America precisava do Doutor Estranho, e ele estava disposto a fazer *qualquer coisa* para ajudá-la.

Até mesmo transformar o cadáver de seu eu alternativo em um zumbi útil. Christine viu o Doutor Estranho se retorcer e voltar a sentar-se com suas pernas cruzadas e seus dedos indicador e mindinho apontando para cima.

Enquanto isso, ao comando do Doutor Estranho, o cadáver possuído do Defensor Strange, Strange Falecido, aclimatou-se a seu *rigor mortis* e, estalando, usou seu Anel de Acesso para abrir caminho para as montanhas ao redor do Monte Wundagore.

Um pedação de pele estava faltando no rosto do Strange Falecido, comido por vermes e larvas no que deveria ter sido seu lugar de descanso final. Seu rabo de cavalo era esparso e fino. Ele já estava meio esquelético, mas, mesmo assim, com movimentos rígidos, subiu aquela montanha em direção a America.

Depois, algo tenebroso e sombrio se partiu nos dedos ossudos do Strange Falecido, primeiro de uma mão, depois da outra. De repente, as formas escuras e sombrias cresceram, revelando espíritos demoníacos fantasmagóricos.

Ele jogou um para fora da manga da sua túnica, e aí outro da outra. Grunhindo, Strange Falecido tentou afastar os fantasmas, mas eles simplesmente não paravam de aparecer, cacarejando à medida que suas formas se tornavam mais claras, com longas garras e cabeças chifradas, formando um enxame em torno dele.

— Stephen Strange, possuir um cadáver é proibido! — disseram os espíritos. — Intruso! Intruso! Pare agora a Dominação onírica ou aceite as consequências eternas.

De alguma forma, os espíritos se chegaram aos olhos do Doutor Estranho pelos olhos do Strange Falecido que ele manipulava. Eles também o cercaram, dentro de seu círculo à luz de velas, arrastando-o, como se o puxassem para debaixo d'água. Inúmeras mãos o empurraram para baixo de um oceano negro. Ele tremia.

— Stephen! — Christine gritou.

A voz dela parecia muito distante para ele.

— Eles estão me puxando — ele falou, baixinho.

Sem ar, ele atravessou sua mão pela escuridão. Christine o agarrou. Ela tocou uma mão na testa dele e a tirou rápido com um gritinho. Ele estava congelado e tremendo.

— Aguenta aí, aguenta aí, aguenta aí — ela disse, tomando o pulso dele com um toque no pescoço. — Onde você tá?

Ela abriu uma de suas pálpebras, e um espírito demoníaco saiu de sua pupila escura dilatada, arremessando-a em uma pilha de livros do outro lado da sala. O espírito demoníaco pousou em cima de Christine, fechando seus dentes contra ela. Ela gritou e o chutou com as duas pernas. Ele foi parar dentro de um relógio pedestal. Mais e mais espíritos berrantes saíam voando do Doutor Estranho dentro do círculo de velas, torcendo o corpo dele dolorosamente para cima e depois jogando-o de volta no chão.

Christine ficou de pé e olhou em volta desesperada. Ela avistou uma relíquia guardada em um armário bem à sua frente.

— O Braseiro de Bom'Galiath — ela disse. E então deu uma cotovelada no vidro para apanhar o vaso de metal lá dentro. O topo do vaso tinha o formato de uma tigela e era iluminado por dentro como uma enorme lanterna. Christine pegou uma longa vela branca do chão. O demônio que ela havia mandado para longe voou rosnando de volta para ela. Christine tocou a vela acesa na base ardente do Braseiro de Bom'Galiath e mirou. A relíquia liberou uma enorme chama, incinerando o demônio.

Christine se virou para checar o Doutor Estranho. Mais demônios estavam torturando o corpo dele.

— Voltem pro inferno — ela disse. E então usou o Braseiro de Bom'Galiath para queimar todos eles. Os demônios desapareceram numa explosão de berros e cinzas de almas. Ofegante, Christine deixou de lado a relíquia e correu para o lado do Doutor Estranho, ajoelhando-se.

Ele tremia descontroladamente. Ela segurou a testa e o peito dele, checando seu rosto.

— Stephen — ela sussurrou, apertando a mão dele —, eu tô aqui. Você é um Mestre das Artes Místicas. Eles são espíritos. Use eles.

Suas palavras encontraram os ouvidos dele.

A tremedeira do Doutor Estranho diminuiu. Seus olhos se abriram, e seu olhar era resoluto.

— Use eles — Christine repetiu enquanto o Doutor Estranho se levantava com o corpo rígido para voltar a manipular o corpo do Strange Falecido. — Use eles.

No topo da montanha congelado, os olhos do Strange Falecido se abriram e ele jogou os demônios que o cercavam para o alto. Eles carcarejavam e berravam, e então deram gritos agudos quando o Strange Falecido os costurou juntos numa versão relutante e desgastada do seu manto.

Rosnando, ele ordenou que o manto dos mortos o levasse até Wundagore.

Ao detectar a aproximação do Doutor Estranho, a Feiticeira Escarlate enviou suas enormes bestas anciãs de pedra para lutar contra ele. Mas Wong tinha subido quase até a entrada do templo e balançou seu dardo e sua corda na besta anciã mais próxima antes que ela pudesse atacar, prendendo-se da mandíbula até o crânio dela. Agarrando-se à saliência da rocha com uma mão, Wong puxou o dardo e a corda e derrubou o monstro na encosta da montanha.

— Isso! — Wong gritou vitorioso.

Com os olhos vermelhos brilhando, o resto das bestas anciãs se aproximaram para olhá-lo do alto. Elas rosnaram e levantaram pedregulhos ameaçadores.

— Opa — Wong disse.

Ele desviou a primeira pedra que jogaram sobre ele usando um escudo mágico de runas sobre sua cabeça, mas as bestas estavam prestes a lançar mais pedras nele, e Wong não estava mais se segurando direito à montanha. Ele balançava precariamente, apoiado apenas por uma das mãos. De repente, uma forma negra e sombria passou por ele e foi de cara com as bestas anciãs, emitindo uma onda de choque que jogou os monstros para fora do templo. As bestas anciãs despencaram na cortina de neve.

Wong assistiu em estado de choque à figura sombria se desvelar sobre ele na entrada do Wundagore. Com um grito de almas cacarejantes e um majestoso desenrolar de seus incontáveis braços e garras, o cadáver apodrecido e sorridente do Strange Falecido se revelou no centro do manto feito de espíritos demoníacos costurados.

— Strange! — Wong gritou rindo.

Lá dentro, ainda presa por amarras mágicas sobre a tribuna, America arfou.

— Usando a Dominação onírica, seu hipócrita! — a Feiticeira Escarlate gritou e imediatamente balançou o braço como um jogador de beisebol arremessando uma bola rápida de Magia do Caos. Os espíritos se fecharam ao redor do Strange Falecido, formando um escudo. A primeira camada levou a maior parte da explosão, que arrancou seus crânios, mas novos fantasmas tomaram a dianteira para proteger o Strange Falecido.

— Dessa vez, não vai bastar me matar pra me matar — ele disse com uma voz rouca. A Feiticeira Escarlate arremessou outra bola de Magia do Caos, mas o Strange Falecido e seus fantasmas desviaram dela sem problema. Ele lançou todos os espíritos na direção dela.

Eles se amontoaram sobre a Feiticeira Escarlate, rosnando, carcarejando, berrando:

— Assassina! Assassina!

Enquanto o Doutor Estranho comandava o enxame na Feiticeira Escarlate, Wong terminou sua escalada da montanha e se juntou a ele.

— Eu nem quero saber — Wong disse, abrindo os braços.

O Strange Falecido assentiu e lançou os espíritos e a Feiticeira Escarlate na direção de Wong para que ele os prendesse em uma cela mágica flamejante. Wong prendeu a cela com cordas douradas, mas a mão da Feiticeira Escarlate conseguiu perfurá-la. Eles a escutavam grunhir, tentando escapar. Várias mãos de fantasmas se prenderam a ela, mas devagar, o braço dela se estendia mais e mais para fora da cela.

— Ela tá escapando! — Wong gritou, fazendo esforço.

— Segura ela!

— Strange! Pegue o poder da America — Wong gritou de volta. Ele cerrava os dentes, tendo dificuldade de conter a Feiticeira Escarlate, não conseguiria manter o feitiço por muito mais tempo. Ela era poderosa demais.

O Strange Falecido olhou na direção de America, indefesa, acorrentada por algemas vermelhas brilhantes, flutuando sobre a tribuna central. Seria, realmente, muito fácil drenar seus poderes, a Feiticeira Escarlate já a tinha deixado pronta para isso.

— Não tem outro jeito — Wong disse, derrotado.

— É. Esse é o único jeito — o Strange Falecido respondeu baixinho, concordando que ele e Wong nunca seriam realmente capazes de vencer a Feiticeira Escarlate. Pelo menos não sozinhos.

Ele usou telecinese para libertar America. Ela foi devagar até o chão da tribuna e ficou deitada de costas no chão. Ele correu até ela. Lágrimas corriam pelo seu rosto, e ela olhou para ele confusa. Ele parecia um zumbi.

— Sou eu, no corpo do meu Outro Eu — ele explicou pelo lado da boca que ainda não estava podre.

America acenou com a cabeça e suspirou.

— Você veio pegar meu poder, né? Antes que a Wanda pegue.

O Strange Falecido desviou o olhar.

— Tá tudo bem — America disse, em paz com aquilo. — Agora eu entendo. — Ela sorriu para ele, corajosa.

O Strange Falecido olhou para ela com a ternura de um pai.

— Não, America — ele disse gentilmente. — Eu vim aqui dizer pra você confiar em si mesma. É *assim* que a gente para ela.

Ela apertou os olhos, olhando confusa para ele.

— Eu não consigo controlar — ela disse com a voz cheia de emoção.

— Consegue, sim — o Strange Falecido disse, confiante. — Você sempre foi capaz. Toda vez que você abriu um portal, nos mandou exatamente pra onde precisávamos ir.

America olhou para a tribuna de pedra, refletindo.

— E a primeira vez?

— Até mesmo aquela vez trouxe você até este momento... — o Strange Falecido a confortou. Ele se aproximou dela. — Em que você vai dar um jeito naquela feiticeira.

America olhou para ele, começando a entender suas palavras. Elas faziam sentido. Quando ela abriu um portal para fugir do Demônio Voador de Faixas, desejava ter se unido a um Strange melhor, um que não a tivesse traído. E ela o havia encontrado em sua próxima parada: este Doutor Estranho, atualmente andando no corpo do Strange Falecido pela Dominação onírica. Era o melhor Strange do Multiverso. Ele não só não ia traí-la, como também acreditava nela. America já se sentia mais forte. Ela levantou a cabeça e fechou um punho. O Strange Falecido piscou para ela assim que a Feiticeira Escarlate escapou triunfantemente da cela mágica de Wong, fazendo fantasmas berrantes voarem por toda parte.

Ela se virou e atirou uma rajada vermelha de Magia do Caos no Strange Falecido. Ele cambaleou e caiu.

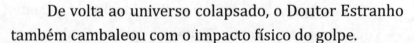

De volta ao universo colapsado, o Doutor Estranho também cambaleou com o impacto físico do golpe.

— Estou com você! — Christine disse, segurando-o. As palavras dele para America o deixaram com lágrimas nos olhos. Ela escutou tudo do Sanctum Sinistro, pois o Doutor Estranho tinha dito tudo em voz alta enquanto manipulava o corpo do Strange Falecido na Dominação onírica em Wundagore.

Gemendo, o Strange Falecido olhou para sua mão. Ela queimava. A Magia do Caos o estava incinerando com sua chama vermelha brilhante. A Feiticeira Escarlate seguiu com outra explosão ardente, suficiente para consumir o cadáver do Strange Falecido e chegar ao Doutor Estranho enquanto ele realizava a Dominação onírica.

O Doutor Estranho se contorceu de dor no ar, sufocando involuntariamente Christine que estava no chão ao seu lado. Ainda tremendo, ele conseguiu soltar Christine, e todas as velas ao seu redor se apagaram.

CAPÍTULO 17

Os olhos raivosos da Feiticeira Escarlate eram selvagens. Ela exercia prazerosamente sua vingança sobre o Strange Falecido, o Doutor Estranho e Christine por tentarem frustrar seus planos. A Feiticeira Escarlate estava prestes a acabar com todos eles quando America saltou da tribuna e a acertou bem no rosto com um Soco Estelar Multiversal tão poderoso que reverberou para além da montanha. De repente, a magia de America cintilava no ar ao redor deles, uma galáxia eletrizante e feroz de estrelas se reunindo para formar um portal em forma de estrela para outro universo.

— Aham — America disse, confiante, preparando um novo soco.

— An-an — a Feiticeira Escarlate respondeu, limpando a boca.

Seus olhos ainda tinham aspecto selvagem, e ela se sentia extremamente sedenta por sangue, ansiosa para derrotar America em um combate uma a uma. Talvez *até demais*. America a socou e socou enquanto a Feiticeira

Escarlate ficou ali, pensando. America quase a chutou para outro universo desolado e em chamas. A Feiticeira Escarlate escorregou, quase ficando sem apoio. Pedras se desfaziam debaixo de seus pés e ela pairava precariamente na beira de um penhasco vermelho dentro do portal.

Mas ela recuperou seu equilíbrio e impediu o próximo soco de America. No controle novamente, a Feiticeira Escarlate caminhou confiante para frente, empurrando America para trás. Agora que estava focada, sua magia dominou facilmente a de America. O portal fechou atrás delas.

Por sorte, America já tinha pensado num plano B.

— Eu não posso derrotar você — ela disse baixinho, olhando a Feiticeira Escarlate nos olhos. — Então, eu vou te dar o que você quer.

Ela fechou a mão em punho e a socou mais uma vez, abrindo um novo portal atrás dela para o Universo 838, na casa suburbana de Wanda.

A Feiticeira Escarlate respondeu fechando sua mão no pescoço de America. Ela deixou America de joelhos, ainda a estrangulando, enquanto o portal se expandia ao seu redor. De repente, elas estavam completamente dentro da sala de estar. Billy e Tommy estavam sentados no sofá vendo TV.

— Billy, Tommy — a Feiticeira Escarlate disse.

Eles olharam para cima e a viram sufocando America, e berraram.

— Mamãe! — Billy berrou.

— Uma feiticeira! — Tommy gritou.

Aterrorizados por de repente ver a Feiticeira Escarlate estrangulando uma adolescente na sua sala de estar, os meninos derrubaram a tigela de pipoca e correram para as escadas.

— O que você fez? — a Feiticeira Escarlate reclamou com America.

A Wanda do Universo 838 já estava mancando o mais rápido que podia, descendo as escadas até seus filhos. Ela havia tomado banho e trocado de roupa desde que se libertou da dominação da Feiticeira Escarlate, mas as cicatrizes em seu rosto ainda estavam ensanguentadas.

— Meninos, esperem! — a Feiticeira Escarlate os chamou.

— Tá tudo bem, tá tudo bem, tá tudo bem — Wanda disse a eles, correndo para confortá-los e se colocar entre eles e a Feiticeira Escarlate. Ela ergueu os braços, se fazendo de escudo.

— Eu sou a mãe de vocês! — a Feiticeira Escarlate insistiu virada para os meninos. — Se afaste deles! — ela gritou para Wanda, correndo para dentro da sala e jogando o sofá para fora de seu caminho com magia direto em uma parede. Ela atirou Wanda até o outro lado da sala, e ela caiu no chão ao lado de uma estante de livros.

— Mamãe! — os meninos gritaram.

America correu para ajudar Wanda, mas o portal para Wundagore ainda estava aberto e o Strange Falecido chamou por ela, pois também tinha visto o desdobrar da cena na sala de estar da Wanda do Universo 838.

— Não. Ainda não — o Strange Falecido falou para America, baixinho. As rajadas de Magia do Caos tinham queimado a túnica do mago e o que tinha restado de sua pele, expondo os músculos e ossos de seu torso.

America esperou.

Tommy e Billy gritaram mais uma vez por sua mãe. Eles desceram as escadas e começaram a jogar tudo que conseguiam na Feiticeira Escarlate.

— Deixa nossa mãe em paz! — Billy gritou.

— Você não é nossa mãe de verdade! — Tommy acrescentou.

— Ei, meninos. Parem. Por favor — ela disse, tentando ficar calma, com as mãos levantadas para se defender das coisas que eles jogavam nela.

— Você não é nossa mãe!

— Vá embora! — Os garotos continuaram a acertá-la com brinquedos, pedaços de móveis quebrados e qualquer coisa que eles pudessem agarrar.

— Sai daqui!

— Sai!

— PAREM! — a Feiticeira Escarlate finalmente gritou de volta, rosnando de frustração. Ela olhou com raiva para eles.

Petrificados, Billy e Tommy correram para trás do corrimão das escadas para se esconderem. Eles começaram a chorar. A Feiticeira Escarlate aproximou-se deles lentamente. Os meninos tremiam e soluçavam e ofegavam em meio a lágrimas.

— Por favor, não machuca a gente — Billy choramingou.

— Por favor — Tommy o ecoou.

As palavras deles chocaram a Feiticeira Escarlate mais do que os objetos arremessados.

— Eu nunca machucaria vocês. Nunca — ela sussurrou chorosa.

Era verdade. Ela engoliu em seco, perplexa. Tudo isso. Tudo que tinha feito desde que se deu conta de que era a Feiticeira Escarlate tinha sido, na mente dela, para eles.

— Eu nunca machucaria ninguém — ela continuou, tentando desesperadamente convencê-los. — Não sou um monstro. Não sou... — sua voz se perdeu no caminho. Os meninos claramente não estavam sendo convencidos. E, como Wanda tinha dito ao Doutor Estranho no pomar falso, criar o Hex era mais fácil que mentir. Diante dela, Billy e Tommy tremiam e choravam com os olhos arregalados de medo. Seus filhos tinham medo do monstro que ela tinha se tornado.

E, pela primeira vez desde que abriu o Darkhold, ela passou a ver também.

Ver que ela justificou todo o sangue que tinha derramado, acreditando que era pelo bem maior de seus filhos, mas que não tinha sido. Eles estavam morrendo de medo dela. Ela era uma assassina e um monstro. O coração da Feiticeira Escarlate se partiu em um milhão de pedaços.

Ela tirou as pontas dos dedos do corrimão da escada e se afastou chorando dos meninos.

— Desculpa — ela sussurrou.

Tremendo, Billy e Tommy olharam para além dela para as estantes do outro lado da sala onde a feiticeira havia nocauteado sua verdadeira mãe. Wanda começou a se mexer. Ela tentou se levantar, mas caiu de novo.

Eles correram até ela.

— Mãe!

— Você tá bem?

Wanda acenou que sim com a cabeça. Billy e Tommy se agacharam para abraçá-la. A família se juntou, e Wanda segurou seus queixos para poder checar se os meninos também estavam bem.

— Tô, tô, eu tô bem — Wanda disse gentilmente, para os confortar. Ela levantou a vista e notou a Feiticeira Escarlate os assistindo.

Apertando o peito, devastada, a Feiticeira Escarlate caiu de joelhos. Tudo o que ela sempre quis foi ter a família, o amor, que sua eu alternativa tinha. Por que ela não poderia simplesmente tê-los em seu próprio universo?

Assistindo a Feiticeira Escarlate, Wanda levantou-se lentamente para se aproximar dela.

— Mãe, não vai! Não vai!

— Não, mãe! Não!

— Tá tudo bem — Wanda disse calma, confortando seus filhos.

Ela se levantou um pouco desequilibrada e caminhou com os pés descalços em direção à Feiticeira Escarlate, que permaneceu de joelhos, com os olhos fechados. Ela inclinou sua cabeça para o chão, envergonhada. Cautelosamente,

Wanda tocou uma mão gentil na face da Feiticeira Escarlate e esperou que ela abrisse seus olhos.

Até que, finalmente, A Feiticeira Escarlate olhou para Wanda com seus olhos chorosos.

Wanda soltou sua face.

— Saiba que eles vão ser amados — ela disse de maneira gentil à Feiticeira Escarlate.

Atrás delas, America levantou a mão e silenciosamente fechou o portal separando a Feiticeira Escarlate e ela de Wanda e seus filhos, deixando-os em paz para limpar sua sala de estar no Universo 838.

De volta ao templo escuro e gelado do Monte Wundagore, a Feiticeira Escarlate permaneceu chorando de joelhos. Então, ainda em lágrimas, voou para a tribuna central e ajoelhou-se. A montanha começou a ribombar.

America correu em direção ao Strange Falecido. Ele estava ferido no chão, seu corpo ainda possuído pelo Doutor Estranho vivo mantinha-se na Dominação onírica, manipulando-o.

— E agora? — ela perguntou a ele.

— Saia daqui — ele falou baixinho. Não conseguia se levantar. A Magia do Caos tinha queimado demais o corpo dele.

Um acenou para o outro.

— Eu vou encontrar você — America prometeu.

Ela virou-se para a entrada do templo, colocou seu punho direito na palma esquerda e abriu um portal na frente de Wong. Uma luz branca azulada elétrica delineou a estrela de cinco pontas enquanto crepitava no ar. O Strange Falecido a observou orgulhosamente. Ela tinha aprendido a controlar seus poderes quando isso mais importava.

— A gente tem que ir — ela disse a Wong. — Agora.

Eles passaram pelo portal e olharam uma última vez para o Strange Falecido, então America o fechou com um estalo de luz ciano deslumbrante.

O esqueleto do Strange Falecido saltava de suas roupas esfarrapadas à medida que ele se virava para avaliar a Feiticeira Escarlate. Ela se sentou em cima da tribuna central, ainda de joelhos, iluminada pelo brilho vermelho de sua Magia do Caos. Seu comportamento era lamurioso, mas decidido. Ele se perguntava o que ela faria a seguir.

— Eu abri o Darkhold. Eu tenho que fechá-lo — ela respondeu à pergunta não dita. Sua voz era grave, cheia de arrependimento.

Em sua vida, a Feiticeira Escarlate havia experimentado mais dor do que lhe era devido. Mas o que sentia agora era um novo tipo de dor, e era muito pior. Ela não só estava de luto pela perda de seus filhos, que ela finalmente aceitou que nunca teria no Multiverso. Ela estava de luto, absolutamente arrasada e consumida pela culpa de tudo o que tinha feito. Isto não era Westview, onde seus poderes tinham saído do controle. Desta vez, ela tinha agido intencionalmente desde o princípio. Ela havia ferido muitas pessoas inocentes. Ela *quis* machucar aquelas pessoas.

E isso tinha sido tão, mas tão errado.

A Feiticeira Escarlate tinha até erroneamente pensado que estava sendo misericordiosa, avisando o Doutor Estranho, avisando o Kamar-Taj, antes de os atacar. Mas foi ela quem ignorou todos os avisos. Deixou que uma má decisão levasse a outra.

Ela tinha estado sozinha com o Darkhold, sua dor e seus sonhos por muito tempo. O Darkhold a tinha corrompido. Ele arruinava a todos e a tudo o que tocava.

O Strange Falecido assentiu.

— Ninguém mais será tentado pelo Darkhold outra vez — a Feiticeira Escarlate jurou.

Ela levantou as mãos para o teto do templo. Seus pilares de pedra maciça começaram a desmoronar. O esforço tensionou seu corpo, mas ela manteve as palmas para cima, direcionando sua magia para separar o teto adornado com chifres das paredes. Atrás dela, sua estátua de escala ampliada se partiu em pedaços. Com lágrimas brilhando em seus olhos, ainda sentada em cima da tribuna, a Feiticeira Escarlate levantou seus braços e usou as poderosas correntes vermelhas que fluíam deles para derrubar todo o Monte Wundagore sobre ela, causando uma avalanche de pedras esmagadoras. Um clarão de luz carmesim irrompeu das profundezas da montanha enquanto ela se desmoronava até profundezas geladas abaixo.

•———••———•———••———•

No universo colapsado, o Doutor Estranho encerrou a Dominação onírica. Christine estava inconsciente no chão ao lado de velas apagadas.

Ele se ajoelhou e gentilmente segurou sua mão.

— Você tá bem?

— Conseguimos? — ela sussurrou, recobrando a consciência e se sentando.

— Sim. — Ele soltou a mão dela.

Christine franziu a testa.

— E a America tá bem?

O Doutor Estranho assentiu.

— Ela tá vindo buscar a gente.

Christine suspirou, mas depois seus olhos se arregalaram preocupados.

— E a Wanda?

— Não — o Doutor Estranho disse, mórbido, lembrando-se da Wanda que ele tinha conhecido antes de ela abrir o Darkhold, ela sim uma verdadeira heroína. Ela tinha desaparecido completamente, mas por um momento ele teve um vislumbre da antiga Wanda, a que já tinha sido sua amiga um dia, quando ela decidiu destruir o Wundagore.

De repente, algo ao lado deles, no chão, pegou fogo espontaneamente. Os dois ficaram de pé para olhar para ele. Era o Darkhold, e suas páginas se queimaram até se tornarem cinzas.

— Então, ela destruiu o Darkhold em todos os universos — o Doutor Estranho disse, dando-se conta que a

Feiticeira Escarlate devia ter usado poderes que já tinha absorvido de America para fazer aquilo.

— Ela fez a coisa certa — Christine disse, assertiva.

— Sim, ela fez — o Doutor Estranho respondeu, engolindo em seco e tentando não pensar na parte obscura dele que ansiava ter usado mais do poder do Darkhold. Ele tinha visto não só o quanto o livro maligno era capaz de corromper o usuário, mas como ele tinha sido horrível para outras versões de si mesmo.

Fora do Sanctum Sinistro, o sol brilhava um pouco mais forte, como se também tivesse ficado satisfeito com o desaparecimento do Darkhold. O Doutor Estranho e Christine olharam para a luz rodopiante que cortava a névoa interminável deste universo colapsado.

— Como é o seu universo? — Christine perguntou.

— É bem bonito — ele disse, voltando-se para ela, quase se deixando ser esperançoso. — Gostaria de poder mostrar pra você.

Christine fez silêncio por um momento. O ar estava tão carregado entre eles, com a história e a química que tinham compartilhado com suas versões alternativas, e mais tudo o que tinham sobrevivido juntos.

— Eu adoraria — Christine finalmente respondeu, mantendo seu olhar no dele. Ela era especialista em manter as realidades multiversais distantes e seguras, mas a oferta era tentadora. Esse Doutor Estranho era a versão mais gentil do homem que ela tinha gostado muito. Respirando fundo, ela se obrigou a desviar o olhar. — Mas preciso ir.

— É, é, eu sei — o Doutor Estranho disse rapidamente, compreendendo. Afinal, eles estavam em um universo colapsado, causado pela cruzada universal do Strange Sinistro em busca de uma Christine com quem ele pudesse viver feliz para sempre.

O Doutor Estranho olhou tímido para o chão.

— Mas é uma pena. Teria sido uma Incursão e tanto. — Christine disse, flertando um pouco.

O Doutor Estranho a encarou.

— Eu te amo — ele disse, sua voz honesta. As palavras simplesmente saíram. Ele precisava que Christine soubesse, mesmo que precisassem voltar para seus mundos diferentes e nunca mais se verem. — Eu te amo em todos os universos.

Ela balançou a cabeça. Ele continuou a observá-la com ternura. Não sabia por que precisava se abrir de repente para a versão de Christine do Universo 838. Se era por saber que estaria seguro, pois provavelmente nunca mais veria esta Christine, ou simplesmente porque a Christine em sua realidade estava casada agora, e ele não tinha realmente tido tempo de processar seus sentimentos desde que um enorme monstro de polvo havia invadido o casamento dela. Talvez fosse por ter visto os danos que guardar esses sentimentos por Christine tinha causado ao Strange Sinistro. Ou talvez fosse porque esta Christine tinha guardado seu relógio e parecia guardar sentimentos por seu Doutor Estranho também.

Ele não tinha certeza do motivo. Talvez fossem todas essas coisas. Talvez não tivessem sido nenhuma delas.

Mas o Doutor Estranho de repente tinha que tirar esta confissão de amor de seu peito. Neste exato momento. No Sanctum Sinistro. Ao lado das cinzas do Darkhold destruído. E antes que a adolescente que eles ajudaram a salvar viesse resgatá-los.

— Não é que eu não queira cuidar de alguém, ou ter alguém que cuide de mim — ele contou a Christine. — É só que... — Ele hesitou, sentindo-se mais vulnerável do que quando lutando contra monstros violentos. — Eu tenho medo.

— É, eu sei — Christine disse, chorosa, realmente entendendo. Ela se aproximou dele e pôs a mão em sua bochecha.

Ele fechou os olhos por um momento, apreciando o toque dela.

— Encare seus medos, Doutor Estranho — Christine disse afetuosamente.

Eles não encontraram um único universo onde os dois tivessem conseguido fazer o relacionamento funcionar. Eles simplesmente não estavam destinados a ficar juntos. Não até o fim.

Ao lado deles, um portal em forma de estrela se abriu com uma ventania. De dentro do portal, America e Wong os assistiam do topo de uma montanha ensolarada e esperavam que os dois se juntassem a eles.

Era hora de voltar para casa.

CAPÍTULO 18

Algumas semanas depois, Wong e o Doutor Estranho caminhavam pelo Kamar-Taj, observando os estudantes treinando novamente no terraço. O sol brilhava sobre as montanhas e havia andaimes por toda parte. A escola estava sendo reconstruída. Os danos pesados do ataque violento da Feiticeira Escarlate tinham sido removidos.

— Ah, como isso pode ser tão mais difícil que abrir um portal multiversal? — America falou sozinha. Ela vestia a túnica cinza comprida dos estudantes e estava em uma longa fila de aprendizes, com dificuldades para lançar um feitiço com as mãos.

— Ela precisa ir mais devagar. Ser mais paciente — o Doutor Estranho disse a Wong, assistindo-a de longe. Eles subiram as escadas para entrar no prédio.

— Ela me lembra de outro aprendiz que conheci — Wong disse.

O Doutor Estranho sorriu, sabendo que se referia a ele.

— Como você tá se sentindo? — Wong perguntou.

— Por que a pergunta?

— Você usou o Darkhold para usar a Dominação onírica no seu próprio cadáver — Wong disse. Ele parou de andar e olhou preocupado para o Doutor Estranho.

— Ah, sim. Claro. Isso — o Doutor Estranho brincou, desviando o olhar. — Eu tô bem.

O sol começou a se pôr. Wong e o Doutor Estranho olharam para baixo, do alto das escadas para o terraço, na direção dos estudantes treinando.

— Mas eu quero mesmo perguntar uma coisa pra você. Você é feliz? — O Doutor Estranho olhou curioso para Wong.

Wong olhou de volta para ele, surpreso com a pergunta direta, mas complexa.

— Essa é, hum, uma pergunta interessante.

— É de se imaginar que salvar o mundo te faria feliz, mas... — O Doutor Estranho ergueu uma sobrancelha fazendo uma cara triste. — ... não faz.

Isto foi o mais próximo que o Doutor Estranho já tinha chegado de admitir a qualquer um que estava menos que feliz. A pergunta de Christine no seu casamento havia o incomodado, e reverberou sinistramente através das versões alternativas e infelizes de si mesmo que tinha encontrado no Multiverso. Todos os outros Doutores Estranhos insistiram em tentar encontrar as respostas sozinhos, em serem os únicos a ter o controle, prejudicando-se. Algumas vezes, prejudicando até universos inteiros.

No Monte Wundagore, o Doutor Estranho tinha percebido, enquanto realizava a Dominação onírica, que a única maneira de salvar o dia era depositar sua fé em America, orientá-la e encorajá-la a controlar os poderes. Ele havia finalmente aprendido a deixar outra pessoa ter o controle. E isso fez toda a diferença para ele, talvez até mesmo para todos os mundos, agora que a Feiticeira Escarlate, profetizada a destruir o Multiverso, tinha destruído o Wundagore e todos os Darkholds.

— Às vezes, eu me pergunto sobre minhas outras vidas — Wong respondeu, reflexivo. — Ainda assim, continuo grato por esta daqui. — Ele olhou para o teto. Tudo estava em paz novamente. A escola estava sendo reconstruída, mas a carnificina causada por Wanda, a perda de tantos magos por quem ele tinha tanto carinho, tinha deixado uma cicatriz permanente no coração de Wong.

— Mesmo com suas tribulações — ele acrescentou.

O Doutor Estranho olhou para ele.

— Pelo menos não temos que fazer isso sozinhos.

Ele falou tanto para consolar Wong quanto a si mesmo. O Doutor Estranho também lamentava as perdas em Kamar-Taj, e ainda estava de coração partido por causa de Christine. Mas não estava sozinho. Era grato pela amizade de Wong.

— É, não precisamos — Wong concordou.

Com afeto fraternal e respeito genuíno pelo Mago Supremo, o Doutor Estranho juntou as mãos e finalmente se curvou diante dele. Wong sorriu e acenou com a cabeça, aceitando o gesto. O Doutor Estranho abriu um portal para deixar o Kamar-Taj.

America subiu correndo os degraus.

— Espera! — ela pediu às costas do Doutor Estranho. Ele deu meia-volta.

— E aí? — ela perguntou, sorrindo.

— E aí? — ele respondeu.

— Soltei umas faíscas — America disse a ele, dando de ombros e apontando para os magos ainda treinando atrás deles.

— Ótimo — ele disse calorosamente. — Suas mães ficariam orgulhosas. Espero que possa mostrar pra elas algum dia. — Ele se virou novamente para ir embora.

— Stephen?

Ele deu meia-volta.

America olhou para baixo, depois para ele, tentando encontrar as palavras certas para agradecer a ele por salvá-la, não traí-la, e ajudá-la a aprender a confiar em si mesma e em seus poderes.

— Tô feliz que caí no teu universo — ela disse, apenas.

Ele sorriu para ela, entendendo.

— Eu também, garota. Eu também — ele respondeu, e passou por um portal até sua casa.

De volta ao Sanctum de Nova York, o Doutor Estranho desparafusou o relógio quebrado que Christine lhe havia dado usando seus próprios dedos. Parecia certo realizar a tarefa manualmente, com as mãos feridas que nunca seriam tão competentes quanto foram antes do acidente de carro. Pelo menos não sem magia. Com cuidado, ele trocou o vidro e se assegurou que ainda estava funcionando. Então, satisfeito com o trabalho, colocou o relógio dentro de uma caixa de madeira forrada com feltro vermelho.

Consertar o relógio e o guardar causou nele a sensação de superação do seu relacionamento com Christine. O relógio não estava mais quebrado, nem ele. Ele não precisava olhar para trás no tempo e ver apenas as pontas quebradas. Eles tiveram o seu momento. E o seu tempo tinha passado. O Doutor Estranho tinha literal e figurativamente fechado a gaveta do relógio. Sentia-se mais leve e mais feliz do que tinha sido em muito tempo.

Sorrindo, ele saiu para o dia belo e iluminado usando uma calça jeans e uma camisa de botão. Ele andou alegremente pela rua. E então, de repente, do nada, uma dor aguda lhe espetou a cabeça. A dor era tão forte que o fez cair de joelhos, no meio de um cruzamento movimentado. Um sedã azul freou até parar, a centímetros de atropelá-lo.

Alheio a isso, o Doutor Estranho se jogou para trás e gritou de dor quando um enorme terceiro olho, exatamente como o que o Strange Sinistro tinha ganhado por usar o Darkhold, apareceu na sua testa de repente.

EPÍLOGO

MAIS UM DIA. MAIS um passeio em Manhattan. O Doutor Estranho caminhava pela rua, misturando-se aos outros transeuntes com seu cachecol cor borgonha e camisa xadrez azul-marinho. Ele estava na dele, apenas tomando um pouco de ar fresco, quando de repente ouviu alguém chamar seu nome.

— Doutor Estranho?

Ele virou e viu uma mulher de cabelo comprido tão loiro que era quase branco, de pé perto de uma placa vermelha de PARE. Ela usava um macacão roxo cintilante com armadura nos ombros em forma de pétalas tremulantes. Seus olhos eram um azul límpido. Ela o encarou intensamente.

— Posso ajudar? — ele perguntou, imaginando quem poderia ser aquela mulher e de onde ela tinha vindo.

Ela se moveu rapidamente em direção a ele, gerando uma adaga roxa brilhante a seu lado enquanto caminhava. As pessoas na rua se assustaram. O Doutor Estranho deu um passo atrás.

— Você causou uma Incursão, e agora vamos consertar isso — ela lhe disse em um tom que rejeitava queixas.

Ela girou e usou a adaga para cortar um X no ar. O corte resultante parecia um buraco rasgado em um poncho, a paisagem da rua imediatamente ao redor do buraco balançava como tecido rasgado ao vento. Os pedestres pararam para olhar a cena. Através do buraco, o Doutor Estranho viu outra dimensão. O espaço sideral preto iluminado por planetas e rochas que brilhavam fúcsia, roxo e verde.

— A não ser que esteja com medo — a mulher acrescentou, virando-se para ele com um sorriso em seus olhos frios.

O Doutor Estranho poderia ter dito que não. Ele poderia ter conferido primeiro com os outros Mestres das Artes Místicas, ou pelo menos com Wong. Mas não era só a mulher à sua frente que era ousada. Ou bela. Ou claramente de outro planeta. Algo no instinto dele simplesmente lhe disse para ir.

Então, ele respondeu ao olhar ousado dela, arrancando seu cachecol. Ele se desdobrou no Manto da Levitação e se fixou perfeitamente em seus ombros. Suas roupas se transformaram magicamente em suas vestes de mago. Ele caminhou confiante ao lado da mulher deslumbrante, que logo aprenderia ser Clea, uma maga da Dimensão Escura. Então, ele a olhou com os três olhos, já que o terceiro na testa dele também resolveu aparecer.

— Nem um pouco — ele falou para ela. Ela sorriu de leve para ele. Então, sem mais conversa, eles se viraram para o portal e pularam na dimensão negra juntos.

Enquanto isso, no Universo 838, Pizza Poppa caiu sobre seu carrinho, ainda se dando socos. Tinha bolas de pizza esmagadas por todo lado, massa crua esticada sobre o balcão sujo, e molho de tomate vermelho pingando na calçada. Era difícil cozinhar novas bolas de pizza enquanto se atacava constantemente o próprio rosto.

Pizza Poppa grunhiu quando seu punho esquerdo apareceu mais uma vez e ficou surpreso quando de repente parou a centímetros de seu nariz. Com cuidado, ele esticou os dedos, testando-os. Eles se desdobraram. Seus olhos se alargaram. Sua outra mão permaneceu onde estava, inclinada benignamente sobre o carrinho. Ele riu.

— Acabou! — ele gritou muito contente.

SIGA NAS REDES SOCIAIS:

@editoraexcelsior
@editoraexcelsior
@edexcelsior
@editoraexcelsior

editoraexcelsior.com.br